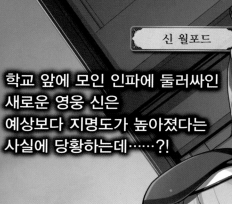

신 월포드

학교 앞에 모인 인파에 둘러싸인
새로운 영웅 신은
예상보다 지명도가 높아졌다는
사실에 당황하는데……?!

유리 칼튼

시실리 폰 클로드

앨리스 코너

마리아 폰 메시나

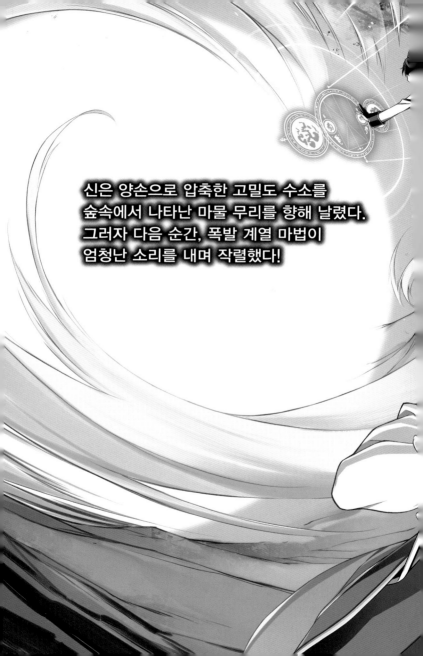

신은 양손으로 압축한 고밀도 수소를
숲속에서 나타난 마물 무리를 향해 날렸다.
그러자 다음 순간, 폭발 계열 마법이
엄청난 소리를 내며 작렬했다!

전대미문의 신영웅

현자의 손자

2

요시오카 츠요시 지음

키쿠치 세이지 일러스트

최승원 옮김

현자의 손자

Contents

2

서장

인류 역사상 단 한 명밖에 확인되지 않았던 마인이 짧은 기간 사이에 두 명이나 출현했다. 게다가 그중 한 명은 완전히 이성이 남아 있는 데다 원래 고위 마법사였으므로 그대로 내버려 두면 인류 멸망의 위기를 초래할 가능성이 있었다.

하지만 결과적으로 그런 일은 벌어지지 않았다.

과거에 마인을 토벌해서 영웅이 된 멀린 윌포드.

그의 손자인 신 윌포드가 새로 출현한 마인을 둘 다 토벌해버렸기 때문이다.

그리고 도합 세 번째 마인인 올리버 슈투름의 증언에 따르면 두 번째 마인인 카트 폰 리츠버그는 슈투름이 벌인 인체실험의 실험체로서, 자신의 의지로 마인이 된 것이 아닌 피해자일 뿐이었다고 공표됐다.

가족 중에서 마인이 나온 리츠버그 백작가는 죄의식에 시달렸지만, 주위에서는 장남이 인체실험의 희생자가 돼서 사망한 불쌍한 가문이라며 동정의 시선을 보냈다.

왕국에서도 딱히 죄를 묻지 않았으나 실험체였다고는 해도 아들의 변화를 눈치채지 못한 건 사실이었으므로, 백작

본인은 왕도의 재무국 사무차관이라는 자리에서 물러나 자신의 영지로 돌아갔다.

　여기서도 주위의 동정을 산 리츠버그 백작가에는 아직 어린 아들이 둘 남아있어서 그 두 명이 성인이 될 때까지 협력을 아끼지 않겠다고 나선 귀족도 있었다.

　이번 소동의 주범은 올리버 슈투름이며 모든 죄는 그에게 돌려졌지만 그 슈투름 본인이 토벌당했으므로 사건은『피의자 사망』이라는 형태로 막을 고했다.

　인류의 존속조차 위험했던 상황을 미연에 방지한 신 월포드는 알스하이드 왕국민 사이에서 이미 세계를 구한 새로운 영웅으로서 인식되기 시작했다.

　그리고 그 당사자는…….

제1장 수여식은 시련입니다

"으~음……."

경비대 대기소에서 이성을 유지한 마인이었던 올리버 슈투름과 싸운 지 며칠 후, 나는 우리 집 마당에서 고개를 갸웃거리고 있었다.

내 눈앞에는 꽃을 심기에 적당한 주먹만 한 크기의 구멍이 몇 개나 뚫려 있었다.

물론 이 구멍들을 만든 건 나였다.

나는 그 구멍을 쳐다보면서 찜찜한 기분을 느끼고 있었다.

"뭘 그렇게 끙끙대는 거야? 변비?"

"완전 쾌변이었거든?!"

오늘은 주말이라 학교는 쉬었다.

그래서 왕자인 오그와 호위인 토르, 율리우스가 우리 집에 와 있었다.

"그래서? 뭘 하고 있던 건데? 마당에 씨앗이라도 심으려고 구멍을 판 건가?"

"아니…… 잠깐만 봐줄래?"

나는 그렇게 말하고 마법을 발동했다.

그러자 하늘에서 떨어진 빛이 바닥에 구멍을 뚫었다.

"으앗! 뭡니까!"

"신 님, 너무 놀라게 하지 마시구려."

"뭐야? 방금 그건. 어딘가에서 본 것 같은데."

"얼마 전에 봤지. 경비대 대기소에서."

"아! 슈투름에게 썼던 마지막 마법이군요?"

"맞아."

"흐음? 하지만 그때는……."

"그게 영 찜찜하더라고."

그때와 마찬가지로 태양광을 모은 열광선을, 위력을 상당히 줄여서 마당에 발사했다.

그 결과, 화단이나 밭에 씨앗을 심기에 알맞은 크기의 구멍이 몇 개나 생겼다.

"확실히 마지막에는 폭발했었죠? 그래서 슈투름이 흔적도 없이 날아간 거라고 생각했었습니다만."

그것이 날 고민하게 한 이유였다.

일반적으로 열광선을 쏜 후에는 눈 앞에 펼쳐진 광경처럼 구멍만 생길 뿐이다.

하지만 그때는 대규모 폭발이 일어났다. 내가 모르는 것뿐이지 실은 폭발도 하는 건가 싶어서 이렇게 검증해봤지만 폭발은 단 한 번도 발생하지 않았다.

역시 구멍만 생길 뿐이었다.

"설마…… 그런 거였나?"

"아니……. 꼭 그렇다고 결론이 난 건 아니야. 하지만 경계는 해두는 편이 좋겠지."

"그래……. 알았다."

부질없는 걱정이라면 좋겠지만—.

아니, 제발 그랬으면 좋겠다.

"신, 슬슬 나가지 않아도 괜찮겠느냐."

"아, 벌써 그런 시간?"

오늘은 저번에 사정청취와 조서 작성을 돕느라 못 갔던 빈 공방에 다 함께 가기로 했다.

오그 일행이 우리 집에 온 것도 그래서였다.

일단 시실리네 집에 모인 다음, 빈 공방까지 걸어가서 오전 중에 용건을 마치고 오후에는 돌가마에서 점심을 먹을 예정이었다.

"그럼 다녀올게요. 점심은 밖에서 먹고 올 거예요."

""다녀오십시오, 신 님.""

고용인 일동에게 배웅을 받은 나는 오그 일행과 함께 게이트를 넘었다. 시실리네 집의 게이트용으로 마련해둔 방에 도착하자 토르가 뒤에서 말을 걸어왔다.

"그런데 신 님의 저택에서 일하는 분들은 우수한 분들이 많으시더군요."

"그 사람들, 공개적으로 모집한 건데 응모자가 너무 많아서 선발전까지 치렀다고 하더라고. 그걸 통과한 사람들이니까 말이지…….”

“……그렇군요. 고용인의 드림팀이었나요.”

“드림팀이라니…….”

“무슨 일이라도 있으세요?”

“뭐해? 얼른 방에서 나올 것이지.”

우리 목소리가 들렸는지 방 안쪽에서 노크하기 전에 시실리와 마리아가 문을 열고 들어왔다.

“아, 신 님의 저택에 있는 고용인들이 굉장하더라는 이야기를 잠시…….”

“아아, 확실히 그건 그래요. 어느 틈에 옆에 와 계신 데다 자연스럽게 시중까지 들어주시던걸요.”

“고용인 선발전을 돌파한 드림팀이었다더군요.”

“그런 일로 드림팀…….”

귀족들이 우리 집 고용인들을 절찬했다. 그게 보통이라고 생각하면 안 되는 모양이었다. 요즘 들어서 겨우 익숙해졌는데 말이지.

“그야 당연하지. 시녀장인 마리카는 예전에 왕성에서 일했던 고용인이야. 나도 어릴 때는 신세를 졌어. 집사장인 스티브는 허그 상회에서 톰 허그의 오른팔이라고 불린 남자였고, 늘 정문 앞에 서 있는 알렉스는 도미니크 경비국장의 첫 번째 제자였던 남자다. 나도 기억하고 있는 사람들이 그 집에서 한꺼번에 등장했을 때는 꽤 놀랍더군."

어? 그랬어? 오그의 설명을 듣기 전까진 그런 대단한 사람들인 줄 몰랐다. 난 새삼스럽게 할아버지와 할머니의 인기를 실감했다.

"그리고 요리장인 코렐은 유명한 레스토랑의 요리장이었을걸."

"하긴 코렐 씨의 요리는 맛있으니까."

오그가 알고 있을 정도이니 상당히 격조 높은 레스토랑이 아니었을까? 진짜 굉장한 인재들만 모였구나.

"그런 것만 먹고 살았는데 괜찮을까? 오늘 갈 예정인 올리비아네 가게도 이 근처에서는 꽤 유명하니까 이상한 트집은 잡지 마."

"그럴 리가 없잖아!"

마리아가 대뜸 실례되는 말을 했다.

너희가 대체 날 어떤 눈으로 보는 건지 신경 쓰입니다만!

"오늘은 빈 공방과 돌가마에 간다고 했던가?"

"어머, 부러운걸."

시실리의 아버지인 세실 씨와 어머니인 아일린 씨였다. 오늘은 쉬는 날인지 둘 다 약간 편한 복장이었다. 세실 씨는 변함없이 멋졌고, 아일린 씨도 시실리의 두 언니와 오빠를 포함해서 총 네 명의 아이를 낳았다는 생각이 들지 않을 정도로 젊어 보였다.

"돌가마의 요리는 전부 맛있지만, 점심시간이라면 역시 샌드위치겠군. 살짝 구운 빵이 고소하면서도 사이에 낀 치즈가 끈적끈적하게 녹은 게…… 최고였지."

"시실리, 빈 공방에 갈 거면 우리 집에 사람 좀 보내달라고 전해줄 수 있겠니? 부탁할 게 많거든. 그리고 돌가마의 점심시간이라면 파스타를 추천한단다."

"샌드위치야."

"파스타."

아, 부부 사이에 불꽃이 튀었다! 시실리! 어떻게 좀 해줘!

"그럼 가볼까요?"

설마 그대로 방치?!

"시실리, 저대로 내버려 둬도 괜찮아?"

"괜찮아요. 저러다 갑자기 화해하고 달달한 분위기를 연출하는 게 일상이신 걸요."

그런 건가. 왠지 부러운걸. 아이가 넷이나 있는데 아직도 러브러브하다니.

"그럼 가죠."

그렇게 해서 우리는 시실리네 집을 나와 빈 공방으로 이동했다.

도중에 오그가 나에게 말을 걸었다.

"신, 공방에 도착하면 예산 걱정은 하지 말고 만들고 싶은 대로 발주해."

"내 용돈은 그 정도로 넉넉하지 않아."

"걱정하지 마. 비용은 왕가에서 낼 테니까."

왕가에서 내 무기 개발비를 부담하겠다는 건가? 어째서?

"네 말을 듣고 나니까…… 조심해둬서 나쁠 건 없을 거라는 생각이 들더군. 현재 슈투름과 대등하게 싸울 수 있는 건 신, 너뿐이다. 최악의 경우에는…… 또 널 의지하게 되겠지. 그러니까 준비는 충실히 해둬."

최악의 경우라…….

"알았어. 호의는 고맙게 받아줄게."

"그래, 그렇게 해다오."

오그가 말한 최악의 경우라는 건 슈투름이 생존해 있는 것이리라.

일단 난 틀림없이 살아있을 거라고 예상했다. 그리고 내가 생각하는 최악의 경우는…… 슈투름이 카트를 실험체로 삼아서 마인을 만들었다는 발언에서 미루어 예상하건대…….

이건 내 무기만 만드는 걸로 그칠 게 아니라 전체적인 전력 상승을 노릴 필요가 있을 것 같다.

그렇다면 먼저 연구회 멤버들부터 시작해볼까?

"신…… 너, 뭔가 이상한 생각을 한 건 아니겠지?"

"지금 한순간 소름이……."

"신 군, 잠깐 악당 같은 표정을 지었어요."

"이건……."

"불길한 예감이 드는구려."

내가 모두의 전력 상승을 획책하자 뭔가 눈치챈 듯 경계하기 시작했다.

어떻게 알았지? 아직 말로 꺼내지도 않았는데!

"따, 딱히 이상한 일을 꾸미지는 않았거든?"

"……뭔가 꾸미고 있다는 소리군……."

왜 들킨 거지?!

"시, 싫다 참. 아무것도 꾸미지 않았다니까 그러네."

"눈이……."

"이리저리 흔들리고 있구려."

딱히 나쁜 생각을 한 것도 아닌데 정말로 내가 나쁜 짓을 꾸민 것 같은 기분이 들었다. 이 화제를 얼버무리기 위해서라도 공방으로 서둘러 가야겠다.

"그, 그보다! 얼른 가자! 이러다 늦겠어!"

잘 얼버무렸나?

"……나중에 심문을 해야겠군."

무리였습니다!

그런 대화를 나누면서 마침내 빈 공방에 도착했다. 처음여기에 오자는 말이 나왔던 것이 며칠 전이다 보니 왠지 감개무량한 기분이 들었다.

빈 공방은 유명한 가게답게 규모가 컸다. 현대 일본으로예를 들면 교외에 있는 편의점 정도의 넓이다. 총 3층 건물이고 1층에는 무기와 방어구를 전시해두고 있었다. 2층과 3층은 뭘 하는 곳이지? 그렇게 외관을 감상하고 있자 문이 열렸다.

"빈 공방에 어서 오세요! 환영함다!"

"여러분, 안녕하세요."

빈 공방주의 아들인 마크와 어째선지 근처에 있는 식당 주인의 딸인 올리비아가 함께 가게에서 나왔다. 휴일에도 같이 있었던 건가. 이건 혹시…….

"아, 좋은 아침. 마크, 올리비아. 그런데 왜 아침부터 둘이서 같이……."

"안녕, 올리비아. 마크. 이건 당장에라도…….

"안녕하세요, 올리비아 씨. 마크 씨. 예, 사정을 들어봐야겠네요."

"으으…… 살살 부탁드려요…….

내가 두 사람의 관계를 캐물으려 했더니 마리아와 시실리가 번개처럼 나서서 올리비아의 양팔을 단단히 붙들고 연행했다.

그보다, 시실리. 아일린 씨의 심부름은?

오그 일행도 그녀들의 기세에 압도된 모양이었다.

"하아…… 여자라는 건 왜 모이기만 하면 저렇게 시끄러워지는 건지."

"예, 저는 저기에 끼어들 용기가 없습니다."

"하하…… 그럼 월포드 군. 바로 공방으로 갈 검까?"

"응. 그러려고 온 거니까."

"그 일에 관해서 나도 할 이야기가 있다. 공방주는 자리에 있나?"

"아, 예! 아빠…… 아버지는 공방에 계십니다!"

"그럼 어서 가자."

그리고 우리는 가게의 뒤편에 있는 공방으로 이동했다.

공방은 그야말로 작은 공장 같은 느낌이었다. 다수의 장인이 다양한 물건을 만드는 중이다. 대장장이 공방답게 방음 처리가 돼 있어서 밖으로 소리가 새어 나오지는 않았지만, 안으로 들어가자 엄청 시끄러웠다. 용광로까지 있어서 엄청 덥기도 했고……

"잠시 기다려주세요. 아빠! 아~빠아~!"

마크가 공방 안쪽을 향해 큰 목소리로 아버지를 불렀다.

그러자 안쪽에서 장인(匠人)이라는 느낌이 드는 아저씨가 나왔다.

"뭐냐! 이 바보 자식! 큰 소리로 불러대기는! 그리고 공방에선 스승님이라고 부르라고 했을 텐데!"

"지금 그게 문제가 아니라구요! 아빠! 저기요!"

"아앙?"

마크가 그렇게 말하자 이쪽을 노려봤다. 시선이 무서워!

"바쁜 와중에 미안하군. 난 아우구스트. 아우구스트 폰 알스하이드다. 마크 빈과는 고등 마법학원에서 같은 연구회에 소속된 관계지."

"아우구스트 전하?!"

아저씨의 목소리가 공방 안에 울려 퍼지자 장인들이 일제히 이쪽을 돌아보고 눈을 부릅떴다. 그리고 작업을 중단한 후에 이쪽을 향해 일제히 무릎을 꿇었다.

"아, 괜찮으니까 작업을 계속하도록. 난 공방의 주인에게 할 이야기가 있어서 온 거다."

"나, 나한테…… 아니, 저에게 말씀입니까?"

굉장하네. 사람들이 저렇게 일제히 무릎을 꿇었는데도 안색 하나 바뀌지 않고 대응하다니. 그리고 험상궂은 마크네 아버지도 쩔쩔매고 있었다. 좀처럼 보기 드문 오그의 왕자님다운 일면을 본 셈이군.

"여기 있는 신의 무기를 개발하는 걸 도와줄 수 없겠나?"

"그 꼬맹이…… 아니, 도련님의 무기 말씀이십니까?"

"그래, 소개하는 게 늦었군. 그는 신 월포드. 현자 멀린 월포드의 손자다."

"아, 안녕하세요. 신 월포드라고 합니다."

"혀혀, 현자님의 손자분! 새로 출현한 마인을 토벌했다고 하는 그?!"

"그래. 실은 그의 무기를 개발하려고 하는데, 비용은 우리 왕가에서 부담하겠다. 도와줄 수 있겠나?"

"그야 물론입죠! 새로운 영웅님의 무기를 우리 공방에서 만들다니, 이보다 큰 명예가 어디 있겠냐고!"

아저씨의 말투가 원래대로 돌아왔다. 어지간히 흥분한 모양이다.

"그래서? 어떤 무기를 만드시려고요?"

"아, 그건……."

오그가 전적으로 비용을 부담하고 프로 대장장이인 아저씨가 개발을 도와주겠다고 한다. 모처럼의 기회니까 마음껏 주문해보도록 하자.

그리고 난 아저씨에게 바이브레이션 소드 개량형의 아이디어를 설명했다. 아저씨는 흥미진진한 얼굴로 들으면서 내 아이디어에 수정을 더해 가다듬었다.

대화가 끝나자 대략적인 골조가 완성되었다. 과연, 프로. 이야기가 빠르다. 남은 건 시작품을 만들고 이런저런 시험을 거쳐서 완성품에 가깝게 조정하는 작업을 반복하는 것뿐이라고 한다.

이번에 개발하는 무기를 구체적으로 설명하자면 칼자루에 스프링을 이용한 슬라이드식 코등이를 붙이는 구조였다. 코등이를 당기면 자루 안에 있는 물림쇠가 동시에 움직여서 칼날이 빠지는 방식이다. 환생하기 전의 세계를 예로 들자면 자동권총의 슬라이드를 당기는 방식과 비슷하지 않을까? 슬라이드에 스프링을 단 건 교체 과정을 원터치로 끝낼 셈이었기 때문이다.

칼날은 주조 방식으로 만들기로 했다. 결국 마도구로 만들 예정이므로 이 정도로도 충분했다.

한편, 오그는 계속 뭔가 말하고 싶은 얼굴이었다. 아마 이걸 군의 제식 장비로 채용하고 싶은 거겠지. 하지만 그럴 경우에는 왕국에서 날 이용하는 셈이 될 테니 우리 할아버지의 말을 떠올리고 섣불리 말을 꺼내지 못하는 상태가 아닐까?

마크네 아저씨와 이야기를 끝내자 벌써 점심때가 가까웠다. 슬슬 올리비아네 가게로 가보자.

"그럼 아저씨, 뒷일은 부탁드릴게요."

"그래! 맡겨만 둬라. 일단 3일 뒤에 또 와다오. 자루를 가공하는 것뿐이니까 대충 그 정도면 시작품이 완성될 거다."

"예, 3일 뒤란 말이죠? 잘 부탁드립니다."

아저씨에게 인사하고 공방을 나왔다.

참고로 시실리네 집에 사람을 보내달라는 의뢰도 완수했다.

그리고 우리는 정말로 근처에 있던 돌가마라는 이름의 음식점으로 들어갔다. 이 가게도 인기 있는 가게답게 규모가 컸다. 하지만 고급 레스토랑 같은 조용하고 격조 높은 느낌이 아니라 손님이 가게 안에 가득 차 있는 왁자지껄한 분위기였다. 예약을 잡기 어려운 건 단순히 손님이 많아서였나 보다.

"어? 마크 군이잖아. 올리비아 아가씨는 아까 친구들이랑 방으로 올라갔는데."

"알고 있슴다. 이쪽 볼일이 끝났으니 그 친구들도 포함해서 부르러 온 겁다."

"이쪽? 마크 군의 친, 구⋯⋯들⋯⋯?"

누님의 동작이 점점 딱딱해졌다. 이건 혹시?

"저! 저저저, 전하?!"

경악한 누님의 목소리가 가게 안에 퍼져나갔다.

아아, 이번에도 조금 전의 공방과 똑같은 광경이 펼쳐졌다.

"하아⋯⋯ 다들 신경 쓰지 말고 편히 있도록. 오늘은 친구들과 같이 친구의 가게에 식사를 하러 온 것뿐이다. 그렇게까지 예를 차릴 필요는 없어."

오그가 그렇게 말해도 어지간해서는 마주칠 일이 없는 지고의 왕족이 등장하자 다들 함부로 고개를 들지 못했다. 이 상황을 어쩌나 싶어서 다들 고민하고 있자 가게 안쪽에서 아까 헤어진 여자애들이 나왔다.

"우와! 뭐야! 이 광경은!"

"아, 전하가 계셔서 그런 게 아닐까요?"

"저, 저기요. 아우구스트 전하. 따로 방을 준비했으니 그쪽으로 와주시면⋯⋯."

"⋯⋯폐를 끼쳐서 미안하다."

"아뇨! 전혀!"

방으로 들어가자 분위기가 편해졌다. 역시 오그와 같이 있다 보면 이런 일이 잦군.

"……무슨 생각을 하는지는 알겠는데, 다음 주부터는 너도 남의 일이 아닐 거다. 신."

"다음 주라니, 아 훈장 수여식?"

"주말이 끝나자마자라고 했으니 모레겠군. 난 왕족이니까 다들 함부로 다가오지 않지만 넌 신분상 일반 시민이니까 아주 우글우글 몰려들겠지!"

"지……진짜?"

"마인을 토벌한다는 건 그런 거다. 몇십 년 전 일인데 아직도 멀린 님과 멜리다 님이 시중에서 어떤 대우를 받고 계시는지 보면 알잖아?"

"하긴……."

"새로 출현한 마인. 더구나 이성까지 유지한 마인을 토벌한 것이 영웅의 손자인 신. 젊고 외모도 뛰어난 영웅의 손자. 눈 깜짝할 사이에 국민들의 히어로가 되겠군."

젠장! 오그 자식, 남 일이라고 재미있어하기는!

"영웅의 손자라는 건 알겠는데, 외모가 뛰어나다는 건 좀……."

내 얼굴이라서 그런 걸까? 그리고 이때까지 또래 여자애들과 만날 일이 없어서 그런지 내가 추남인지 미남인지 잘 모르겠다.

적어도 추남은 아니겠지만······.

보통 이런 건 어릴 때 여자애들의 반응으로 대충이나마 파악할 수 있지만, 내 경우는 그런 경험을 할 기회가 전혀 없었다. 이 나이쯤 되면 직접적인 언급은 피하는 게 일반적이기도 하고.

그야 내 얼굴이 어떠냐고 대놓고 물어볼 수 있을 리가 없잖아!

"자각이 없었구나······."

"으으······ 라이벌이······."

"좀 자랑하는 것처럼 들리네요."

그러자 마리아, 시실리, 올리비아가 그렇게 속닥거렸다.

"그렇게 말해봤자······ 응? 라이벌?"

"아, 아무것도 아니에요!"

그건 그렇고 수여식이라······. 하아~ 우울해······.

점심을 먹는 도중에 오그가 빈 공방에서 이야기한 칼날 교체식 검의 아이디어를 팔아달라는 말을 꺼냈다.

바이브레이션 소드는 마도구인 데다 나밖에 부여를 할 수 없으니 국군의 제식 장비로 채택하는 건 역시 문제가 있는 듯했다. 하지만 이 아이디어 자체는 대량 토벌에 중점을 둔 국군에는 무척 유익한 내용이었다고 한다.

마물을 토벌하면서 오랜 전투를 거치다 보면 날이 금방

나가 버리므로 간단히 칼날을 교환할 수 있는 점이 매우 효과적이라나 뭐라나. 오그는 질이 좋은 칼날을 쓰면 일반인에게도 충분히 쓸 만할 거라고 열변을 토했다.

다만, 내 마음대로 팔았다간 할머니에게 죽을지도 모르니 먼저 상담을 할 필요가 있었다.

한 번 마크의 아버지인 해롤드 씨에게 이것저것 부탁해볼까? 기술 제공으로 어느 정도 왕국에 환원할 수 있다면 개발비용을 지원해주는 것에 사양할 필요도 없을 테고, 괜히 자중하다가 나중에 슈투름과 대치했을 때 후회하고 싶지도 않았다.

어느 정도까지 개발할지는 디스 아저씨에게 상담하는 편이 좋을 것 같다.

오그에게 전언을 부탁할까 싶었지만 빈번히 우리 집에 오는 것을 떠올리고 그만뒀다.

그리고 우리가 공방에 있을 때 여자 셋이서 뭘 했는지 물어봤더니「올리비아 양의 방에서 이야기를 나눴답니다」라는 무난한 대답만 돌아오고 자세한 내용은 가르쳐주지 않았다.

이건 여자만의 모임이라는 거군. 확실히 꼬치꼬치 캐묻는 건 센스 없는 짓이리라.

시실리에게 아일린 씨의 말을 내가 전해뒀다고 말하자 까맣게 잊고 있었는지 엄청나게 사과를 받았다. 그렇게까지 마크와 올리비아의 관계가 흥미진진했던 걸까.

참고로 시실리는 세실 씨가 추천한 샌드위치를, 마리아는 아일린 씨가 추천한 파스타를 주문했다.

나는 고기를 먹었다. 엄청 맛있었다.

샌드위치? 파스타? 그런 건 지금의 나에겐 간식거리밖에 안 된다고요.

식사를 마치자 딱히 할 일도 없어서 다 같이 거리를 돌아다니기로 했다.

"그러고 보니 마크네 가게의 2층과 3층에선 뭘 팔아?"

"아, 2층은 생활용품이고 3층에서는 액세서리를 판다. 3층의 액세서리는 평범한 거랑 마도구 양쪽 다 갖추고 있슴다."

"액세서리……."

그렇군. 액세서리에 방어 마법을 부여하면 다양한 방어 마법을 전개할 수 있는 건가. 교복에 부여한 마법은 확실히 효과가 뛰어났지만 옷으로 가려지지 않는 부위까지는 커버하지 못했다. 실제로 카트와 싸워보고 그 결점을 뼈저리게 실감했다. 얼굴이 엄청 뜨거웠어.

게다가 아무래도 교복이다 보니 다른 옷으로 갈아입으면 효과를 발동할 수 없었다. 하지만 액세서리라면 옷을 갈아입어도 문제없을 테고 마력 장벽처럼 전개하면 몸 전체를 방어하는 것도 가능하리라.

"신 군, 무슨 고민이라도 있나요?"

"아니, 그런 건 아니고 시실리는 뭔가 갖고 싶은 액세서리

같은 건 없어?"

"애애애, 액세서리요?! 저기, 그게…… 반지라든가…… 하지만 갑자기 그건 좀! 일단 목걸이부터 시작하는 편이…… 팔찌도 나쁘지 않고…… 아, 귀걸이도 괜찮을지도……."

"그, 그렇게 많이 가지고 싶어?"

"아, 아뇨! 그런 게 아니라! 어, 어떤 게 좋을지 고민하느라……."

"흐음~, 실은 액세서리에 방어 마법을 부여하는 편이 더 효과적이지 않을까 싶었거든. 그래서 어떤 액세서리에 부여하면 좋을지 물어본 거였어."

"……아, 그런 거였나요……."

시실리가 풀이 죽었다.

"신…… 너, 그건 좀 아니잖아……."

"한껏 들뜨게 하다가 실망시키다니…… 당신은 악마인가요?"

"시실리가 불쌍해……."

"어? 어?"

아! 내가 질문하는 방식이 잘못됐던 거구나! 어떤 액세서리를 선물 받고 싶냐는 것처럼 들렸을지도!

"아~ 시실리?"

"……왜요?"

그녀는 아직도 풀이 죽어 있었다.

"저기 말야······. 한 번 더 마크네 가게에 가보지 않을래?"

"전 상관없는데요······."

"아, 너희는 여기서 기다려."

산책은 일시 중지다! 지금은 그럴 상황이 아니니까!

그리고 우리는 빈 공방으로 들어가서 목적지인 층에 도착했다.

"어? 신 군, 여긴 조금 전에 이야기했던······."

"응, 액세서리 판매장."

"미, 미안해요! 재촉할 생각은 아니었어요!"

"괜찮아. 말주변이 부족해서 실망하게 한 걸 사과하는 의미니까. 그리고······."

"그리고?"

"······나도 너에게 액세서리를 선물해주고 싶었거든."

"하웃!"

그렇다. 앞서 사과하는 의미라고 말했지만 사실은 이게 내 본심이었다.

"부여는 내가 해줄 테니까 평범한 걸로 고르자. 어떤 게 좋아?"

"저기, 그게······."

"저기요. 이 중에 부여할 수 있는 글자 수가 많은 건 어떤 건가요?"

"어서 오세요. 음······ 이쪽에 있는 게 여덟 글자에서 열두 글자 정도까지 부여할 수 있는 물건이랍니다."

"시실리, 이 중에 어떤 걸로 할래?"

"이, 이 중에서요?!"

역시 고리 형태라 그런지 부여할 수 있는 글자 수가 많은 액세서리에는 반지 종류가 많았다. 가격은 대부분 은화 두 닢에서 다섯 닢 사이. 그중에서도 비싼 건 금화로 몇 닢이나 하는 것도 있었다. 역시 부여할 수 있는 글자 수가 많은 건 가격의 단위부터 다르네.

"저기…… 신 군이 골라주시면 안 될까요?"

"어? 네가 맘에 드는 걸로 골라도 상관없는데?"

"그게…… 저 혼자선 못 고르겠어요……."

막상 하나만 고르려니 망설임이 생기는 걸까?

"흠, 그렇다면……."

가격이나 부여 가능한 글자 수는 무시하고 시실리에게 어울리는 걸로 골라보자. 그렇다면―.

"이건 어떨까?"

내가 고른 건 은색 고리에 파란 돌이 박힌 반지였다. 시실리의 하늘색 머리카락과 잘 어울린다는 생각이 들었기 때문이었다.

부여 글자 수는 여덟. 가격은 은화 세 닢이었다.

"어때? 시실리라면 잘 어울릴 것 같은데."

"와아……!"

시실리는 눈을 반짝이면서 반지를 쳐다보았다.

"그럼 이걸로 부탁드릴게요."

"알겠습니다. 이대로 끼고 가실 건가요?"

"예! 그렇게 할게요!"

다행이다. 시실리가 기운을 차린 것 같았다. 그녀는 점원에게 반지를 받아서 오른손 중지에 꼈다.

"신 군…… 고마워요!"

시실리는 웃는 얼굴로 그렇게 말해줬다. 역시 귀엽다. 그리고 나는 다시 한 번 그녀를 위험에 처하게 하지 않겠다고 맹세했다.

"기뻐해 주니 다행이네. 나중에 방어 마법도 부여해줄게. 그게 널 지켜줄 거야."

"신 군이…… 절 지켜주는 거군요……."

응? 조금 의미가 다른 것 같은데…… 뭐, 아무렴 어때.

반지를 산 우리는 가게를 나와서 일행과 합류했다.

기쁜 얼굴로 반지를 내려다보는 시실리를 마리아와 올리비아가 에워싸고 뭔가 시끄럽게 떠들어댔다. 역시 나도 저기에 끼는 건 무리다.

"그건 그렇고 처음부터 반지냐. 역시 대단하군."

오그가 히죽히죽 웃으면서 그렇게 말을 걸었다.

"미리 말해두겠는데, 너희들에게도 방어 마법을 부여한 액세서리를 건네줄 예정이거든?"

"······저 광경을 본 후에 그런 말을 들으니······ 왠지 미묘한 기분이군······."

"······뭐, 나도 남자에게 반지를 주는 건 기분 나쁘니까 목걸이나 팔찌로 할게."

"······제발 그렇게 해줘."

그 후에는 이렇다 할 목적 없이 거리를 돌아다녔다. 윈도 쇼핑을 하거나 군것질을 하면서. 역시 또래 친구들과 같이 돌아다니는 건 별다른 이유가 없어도 즐거웠다.

그렇게 하루를 마친 우리는 마크와 올리비아와 헤어진 후 시실리네 집으로 돌아갔다.

그리고 도착하자마자 일단 반지에 방어 마법부터 부여했다.

글자 수는 여덟 개까지니까······ 『마력 장벽』과 『물리 장벽』이면 되겠지.

『절대 마법 방어』보다는 간단하게 『단단한 벽』을 이미지했다. 꼭 전부 무효화하지 않아도 대부분 막아낼 수 있으면 충분하니까. 사실 슈투름과의 전투를 통해 『절대 마법 방어』는 약간 과잉 대응이 아닐까 하는 생각이 들었기 때문이다. 그 정도로 완벽하게 방어할 필요 없이 마력 장벽만으로도 카트와 슈투름의 공격을 막는 건 가능했다. 그렇다면 마력 장벽으로도 충분하리라. 반지를 중심으로 구형 장벽을 전개하니까 몸 전체를 방어할 수도 있다. 게다가 효과 범위 안에 들어온 사람까지 지킬 수 있으니 범용성으로 따지면 이쪽이 더 뛰어나다고 볼 수 있었다.

『물리 장벽』도 같은 이미지로 부여했다. 뭐, 마력과 물리라는 차이가 있기는 하지만 말이다.

방어 마법을 부여한 반지를 시실리에게 건네려고 하자 그녀가 오른손을 내밀어서 똑같이 중지에 끼워줬다.

난 기뻐하는 시실리에게 먼저 반지에 부여된 마법을 발동해보라고 말했다.

"와! 굉장해요!"

몸 주위를 뒤덮듯이 구형으로 전개된 장벽을 보고 솔직하게 놀라는 시실리와…….

"호오, 이건 굉장하군. 역시 도사 멜리다 님의 손자분다워."

"후훗, 애도 참. 저렇게 기뻐하기는."

세실 씨와 아일린 씨도 전개된 장벽을 감상했다.

"괜찮으시다면 세실 씨와 아일린 씨의 액세서리도 똑같이 해드릴까요?"

"어? 그래도 괜찮겠나?"

"어머, 그것참 기쁜 말인걸!"

이 부여 마법이라면 딱히 문제없겠지? 다른 마법사들도 쓸 수 있는 방어 마법이니까.

"격이 다른데 말이지……."

그러자 오그가 뒤에서 뭔가 중얼거렸다.

그리고 나는 클로드 가문의 사람들에게 고맙다는 말을

들은 후 게이트를 통해 집으로 돌아왔다.

돌아오자마자 할머니가 공방에서 뭘 했냐고 캐물어서 오늘 있었던 일을 전부 설명했다.

액세서리에 어떤 마법을 부여했는지 이야기하자—.

"신이…… 신이 마침내 자중이라는 걸 배웠구나……."

도중에 할머니가 울음을 터트렸다. 울 것까진 없잖아요!

"그게 자중이라니……."

"이 가족의 평범함은 차원이 다르군요……."

"엄청난 가족이구려."

하지만 난 그보다 훨씬 더 중대한 사실을 눈치챘다.

"허허."

할아버지의 존재감이 희박해!

마도구에 관한 이런저런 계획이 잡힌 다음 날에는 바로 코앞으로 다가온 수여식을 준비했다.

시실리와 마리아와 오그 일행은 우리 집에 와서 내가 수여식장에 입고 갈 예복을 고르는 모습을 지켜보았다.

"흐음, 키가 크고 몸도 단련된 데다 외모도 괜찮으니까 뭘 입어도 잘 어울리네."

"신 군…… 멋있어요……."

"저건 부럽군. 난 체형이 가는 편이니까."

"전하…… 그건……."

"소인들에게는 빈정거리시는 것처럼 들리는구려."

"신도 벌써 예복을 입을 나이가 된 건가……."

"그 조그맣던 아기가…… 세월 참 빠르기도 하지……."

내가 메이드들의 옷 갈아입히기 인형이 된 사이에 친구들과 보호자들은 소파에 앉아 즐겁게 담소를 나눴다.

이쪽은 이제 지겹거든요?!

"마리카 씨…… 이걸로 충분하지 않나요?"

"그게 무슨 말씀이세요, 신 님. 월포드 가문의 새로운 영웅님께서 남들에게 부끄러운 모습을 보이게 할 수는 없잖습니까!"

월포드 가문의 메이드장인 마리카 씨가 그렇게 말하자 다른 메이드들이 격렬하게 동의했다. 아니, 평범하게 예복을 입고 가면 남부끄러울 게 뭐가 있겠느냐만…….

결국, 이런저런 옷을 입어 보다가 최종적으로는 하얀색 셔츠 위에 하늘색 예복을 입고 목에 스카프를 두른 모습으로 완성되었다. 예복에는 멋진 은실 자수도 놓여 있었다. 더욱이 하이스펙 메이드 군단은 내 몸에 딱 맞도록 그 자리에서 수선까지 단숨에 끝마쳤다.

그 후에는 마리아와 오그 일행에게 어떤 액세서리를 원하는지 물어봤다.

마리아는 목걸이가 좋겠다고 말했다.

오그도 똑같이 목걸이였다. 다만, 마리아는 체인이 가느다란 귀여운 물건으로. 오그는 체인이 굵은 은세공품을 희망했다. 금발 미소년 왕자님이 은세공품 목걸이라……. 엄청 잘 어울리겠는걸.

육체파인 율리우스는 가죽 벨트에 은세공품 장식이 달린 팔찌를 희망했다. 목걸이는 전투 중에 끊어질지도 모르고 반지는 검을 쥘 때 미끄러질 우려가 있다나 뭐라나.

……너, 고등 마법학원 학생…… 맞지?

의외였던 건 토르였다. 그는 투박한 은반지를 희망했다. 좀 더 가느다란 디자인의 반지나 목걸이를 고를 줄 알았는데 말이다. 누님들에게 수요가 많을 법한 가녀린 용모에 투박한 반지라…… 혹시 반전매력을 노리는 건가?

각자의 희망 사항이 정해졌으니 잽싸게 빈 공방에 게이트를 열었다. 가게 뒤에 있는 공방 옆이라면 남들 눈에 띌 걱정도 없으니 게이트로 마음 편히 이동할 수 있었다.

우리는 공방주인 해롤드 씨를 불러서 정식으로 왕국이 개발비용을 지불하겠다는 취지를 전달했다. 칼날 교환식 검도 마법을 부여하지 않으면 왕국에 아이디어를 제공해도 괜찮다는 할머니의 허락을 받았다. 일괄로 지급하기에는 아직 가치를 매길 수 없으니 왕국에서 빈 공방에 투자하는 비용 중에 10퍼센트를 아이디어 제공료로 받기로 했다.

이 아이디어는 나와 마크와 토니 셋이서 완성한 거지만, 마크는 공방에 속한 몸이라 사퇴해서 나와 토니가 절반씩 나눠 받기로 결정됐다.

이미 어제 안에 결정된 일이라 토니에게도 사정을 전달했다.

왕국이 공방에 발주하는 금액 중 5퍼센트…… 게다가 칼날 교환이 전제인 무기이다 보니 이걸로 마지막이 아니라 정기적으로 돈이 들어오게 될 예정이었다. 참고로 그 막대한 금액에 경악한 토니는 새파랗게 질린 얼굴로 그 자리에서 쓰러질 뻔했다.

그야 아무렇지 않게 꺼낸 이야기였는데 이런 큰돈이 들어오게 됐으니 기겁하는 게 당연했다. 물론 나도 마찬가지였고…….

왕국과 큰 거래를 성사시킨 해롤드 씨는 매우 기뻐했고, 오늘은 마법 부여용 액세서리를 고르러 왔다고 하자 공짜로 제공해주겠다고 했다.

어제 내가 시실리에게 선물해준 반지 값도 돌려주겠다고 했지만 그건 사양했다. 역시 그녀에게는 내 돈으로 선물해주고 싶었기 때문이다.

하지만 내 몫은 공짜로 받기로 했다.

그야 아직 아이디어 제공료가 안 들어왔으니까!

다들 희망했던 액세서리를 골랐고 방어 마법을 부여받은 후에 해산했다. 마침내 훈장 수여식이 코앞까지 다가왔다.

당일 오후. 수업이 끝난 후에는 연구회 활동을 빠지고 집으로 돌아와 준비를 마치자, 왕성에서 보낸 마차가 도착했다. 입학식 때 탔던 것과 같은 마차였다. 변함없이 승차감이 훌륭했지만 너무 눈에 띄는 게 옥의 티였다.

할아버지와 할머니도 수여식에 초대를 받아서 같이 타고 가기로 했다.

그러고 보니 아직 난 왕성에 가본 적이 없었다. 왕성에 사는 사람들은 우리 집에 뻔질나게 드나드는데 말이지.

담당자에게 대기실로 안내받은 나는 식이 열리는 걸 기다렸다.

어차피 디스 아저씨를 만날 테니 긴장하지는 않았지만 그 후에 찾아올 성가신 일들을 생각하자 기분이 우울해졌다.

이윽고 시간이 되자 난 담당자를 따라 알현실로 이동했다.

그리고—.

『구국의 용사! 새로운 영웅! 신 월포드 님께서 도착하셨습니다!』

이 소개를 들은 순간 집에 돌아가고 싶어졌다. 하지만 어느새 내 양쪽에 기사들이 자리를 잡고 있어서 도망칠 수 없었다.

……정말로 도망칠 생각은 아니었지만.

그 기사들이 무거운 문을 양쪽에서 열자 성대한 박수가 쏟아졌다.

이렇게 환영받을 줄 상상도 못 했던 나는 한순간 긴장으로 몸이 굳었지만 간신히 앞으로 발을 내밀었다.

그리고 사전에 들은 위치에서 멈춰 섰다.

『알스하이드 왕국 국왕! 디세움 폰 알스하이드 폐하 납시오!』

디스 아저씨가 등장한 모습을 보고 주위 사람들에게 맞춰서 무릎을 꿇었다.

"다들 편히 있게."

그러자 다른 사람들이 일어섰지만 난 사전에 배운 대로 계속 한쪽 무릎을 꿇고 있었다.

"신 월포드. 그대가 이번에 세운 공적은 참으로 훌륭했다."

"서……성은이 망극하옵니다."

"그대의 공적에 경의를 표하며 훈일등을 수여하겠노라."

"가……감사히 받겠사옵니다."

내가 일어서서 디스 아저씨가 훈장을 수여해주는 걸 기다리자, 이윽고 옥좌에서 일어나 직접 나에게 훈장을 달아주었다.

"훌륭했다."

"서, 성은이 망극하옵니다."

상대가 디스 아저씨다 보니 엄청 뻘쭘했다! 얼른 안 끝나려나? 그런 생각을 하고 있자니 디스 아저씨가 다시 입을 열었다.

"다들 잘 들어라. 이 신 월포드는 내 친구인 현자 멀린 월포드의 손자이자, 나 또한 어릴 때부터 성장을 지켜본 조카나 다를 바 없는 자이다. 그가 지금 이 나라에 있는 건 세상을 배우기 위해서이지 결코 우리나라에 이익을 가져오기 위해서가 아니다! 짐은 그에게 우리나라의 고등 마법학원을 권할 때 현자님과 약속한 것이 있다. 그를 결코 정치적, 군사적인 목적으로 이용하지 않을 것이라고! 그 약속을 어겼을 때 영웅의 일족은 이 땅을 떠날 것이니, 모두 그 사실을 반드시 명심할지어다!"

……정말로 말해버렸네. 디스 아저씨 진짜 멋져!

주위가 다소 소란스러워졌지만 다들 그럭저럭 납득한 모양이었다.

하아…… 이제 겨우 끝난 건가?

『그럼 이것으로 훈장 수여식을 종료하겠습니다.』

끄, 끝났다!

『이제부터 홀에서 파티를 개최할 예정이오니 아무쪼록 참가해주시길 바랍니다.』

끄, 끝난 게 아니었어?!

수여식 다음에 열린 파티는 끔찍했다…….

디스 아저씨의 선언 덕분에 귀족들에게서 자신의 딸이나 동생과 결혼해달라는 과잉 권유는 없었다. 하지만 마인 토벌이라는 건 역시 이 나라에서는 굉장한 위업인지 다양한 사람이 인사를 하면서 하나같이 날 칭찬했다.

할아버지와 할머니도 옆에 있어서 그런지 그야말로 엄청

난 인파가 몰려들었다.

클로드 가문의 사람들과 메시나 가문의 사람들은 이미 나와 친교가 있다 보니 멀리서 그 광경을 지켜보기만 했다고 한다.

물론 파티 중에는 정신이 없어서 나중에 들은 이야기지만 말이다.

오그 일행도 가까이 다가오지 않았다. 결혼 신청은 없었지만, 내 이야기를 직접 듣고 싶다는 여자들에게 둘러싸인 날 실실 웃으면서 쳐다보고 있었다. 이건 내 눈으로 직접 확인한 거다.

전에 오그에게 들었던 것처럼 잘 모르는 여자들에게 둘러싸여봤자 딱히 기쁘지는 않았다. 오히려 귀찮다고 해야 할지…… 죄다 사냥감을 노리는 눈을 하고 있어서 무서웠다…….

노골적인 어프로치는 없었지만 내가 뭔가 말을 꺼낼 때마다 과장스럽게 소리를 질러대는 걸 듣고 있자니 솔직히 피곤했다. 속으로는 그저 이 상황이 빨리 끝나기만을 기도했다.

마침내 파티가 끝나고 집에 돌아올 무렵에는 완전히 지쳐서 뻗어 버렸다.

미셸 씨의 훈련을 받을 때도 이렇게까지 지친 적은 없었다고…….

"역시 옆에 있길 잘했네. 혼자 내버려 뒀다간 그 여자들 중 누군가에게 보쌈당했을지도 모르잖아?"

"설마 그렇게까지는⋯⋯."

"글쎄다. 너처럼 세상 물정 모르는 애가 혼기를 거의 놓친 귀족 여자를 상대로 버틸 수 있을까? 멀린도 옛날에는⋯⋯."

"그 이야기는 그만하면 안 되겠나?"

할아버지가 뭐? 매우 흥미진진한 이야기였지만 본인이 직접 나서서 화제를 차단했다.

"신, 오늘은 피곤하지? 내일도 학교에 가야 하니 일찍 자는 편이 낫지 않겠느냐?"

할아버지가 모처럼 배려해주는데 무시할 수도 없는 노릇이고 실제로 피곤한 것도 사실이라 그 제안을 받아들이기로 했다.

"응. 오늘은 이만 목욕하고 잘게."

"그러는 게 좋겠구나."

"할머니. 나중에 그 이야기 꼭 들려줘."

"그건 전혀 좋지 않다만?!"

할아버지는 당황했지만 왠지 신경 쓰이니까 나중에 꼭 들어봐야겠다.

그리고 다음 날, 시실리와 마리아를 데리고 와서 우리 집 문을 열자―

"오오! 신 님이 나오셨다!"

"꺄아! 신 님~!"

"저분이 새로운 영웅님이신가!"

"과연 멋진 얼굴이군."

"신 님~! 여기 좀 봐 주세요~!"

살며시 문을 닫았다.

"……저게 뭐야?"

"어제 신이 훈장을 받은 거랑 받은 이유가 공표됐잖아? 하지만 폐하의 배려로 직접 네 얼굴이 공개된 건 아니라 집으로 들이닥친 거겠지."

"다들 현자님의 집은 알고 있으니까 한 번쯤 보고 싶었던 게 아닐까요?"

"이래선 학교에도 못 가……. 할머니!"

"왜?"

"교실까지 게이트 열어도 돼?"

"하아…… 어쩔 수 없구나. 소란이 가라앉은 뒤부턴 걸어서 다니렴."

"예~."

"신…… 왜 나한테는 안 물어보는 게냐……."

왜라니……. 그야 할머니에게 혼나는 게 더 무서우니까 그렇지.

"나이스! 오늘은 편하게 학교에 가겠네!"

"오늘만 특별한 거야, 마리아."

"자, 얼른 가자."

우리는 교실에 게이트를 열고 통과했다.

"우왓! 깜짝이야!"

"무슨 일이야? 신. 게이트로 오다니."

"뭐, 뭐야? 그 마법은."

"믿을 수가 없어. 이게 대체 뭐야? 월포드 군."

교실에는 늘 요염한 유리, 오그 일행, 검사 출신의 경박남 토니, 마법을 굉장히 좋아하는 과묵 소녀 린이 이미 와 있었다.

"아니, 집 앞에 사람들이 엄청 몰려들어서 도저히 나올 수가 없더라고."

"아, 그래서 게이트로 온 거군."

"게이트? 뭐야 그게. 월포드 군. 자세히 설명해 봐."

린은 변함없이 마법 이야기만 나오면 인격이 바뀌었다.

"아, 이건 『게이트』라는 마법이야. 임의의 장소와 장소를 이 게이트로 연결하는 거지. 그래서 이 게이트 안으로 들어가면……."

나는 집과 연결된 게이트를 지우고 교실 구석에 새로운 게이트를 열어서 그쪽으로 나왔다.

"이런 식으로 다른 쪽의 게이트로 나올 수 있어."

처음 본 린, 유리, 토니가 눈을 휘둥그레 떴다.

"……굉장해! 월포드 군은 전이 마법을 쓸 줄 알았구나?!"

"정확히 말하면 전이가 아니야. 이동 마법은 맞지만."

"그게 무슨 뜻?"

"전이는 물체 그 자체를 이동시키는 마법이잖아? 일단 몸을 분해해서 임의의 장소에 재구축하는. 제대로 재구축하지 못했을 때를 상상하면 무서워서 써본 적도 없어."

"이건 달라?"

"이건 장소와 장소의 거리를 단축한 것뿐이야. 분해와 재구성이 아니라."

"……안 되겠어……. 무슨 말을 하는지 잘 모르겠어……."

린이 아쉬운 목소리로 중얼거렸다. 이걸 이해할 수 있으면 연구회의 목표 중 하나인 전이……에 가까운 마법을 쓸 수 있게 되는데 말이지.

"뭐, 어쩔 수 없지. 할아버지도 이해 못 했는걸."

"현자님도……."

"뭐, 조만간 쓸 수 있게 될지도 몰라. 모처럼 연구회에 들어왔으니까."

"응! 노력할게!"

린도 의욕을 보이는데 이왕이면 멤버들의 전력 상승을 노려보는 편이 낫지 않으려나?

"신…… 네가 뭘 꾸미고 있는지 캐묻는 걸 깜빡했군."

"이상한 생각은 안 했다니까 그러네."

모두의 전력 상승을 노리는 게 이상한 생각은 아니잖아?

조만간 다 같이 합숙을 가는 것도 나쁘지 않겠어.

"불안하군. ……대체 뭘 꾸미고 있는 거지?"

아무것도 안 꾸몄다니까!

"좋은 아침~! 어? 다들 무슨 일이야?"

마지막으로 교실에 들어온 우리 반 활력의 상징인 앨리스가 우리를 보고 의아한 듯 고개를 갸웃거렸다.

◇

알스하이드 왕국 군무국.

기사단과 마법사단을 총괄하는 이 조직에 불온한 정보가 흘러들어왔다.

"제국이 움직임을 보였다고?"

제국이 국내의 마을과 도시에서 식량을 긁어모으고 있다는 정보였다.

"식량을 모으고 있다는 건……."

"군에 움직임이 있다는 정보도 있습니다. 이건 어쩌면……."

"……전쟁 준비인가?"

조금씩이 아니라 대량으로 긁어모으고 있다. 게다가 군에도 움직임이 있다면 전쟁 준비를 진행 중이라고밖에 볼 수 없었다.

"하지만…… 어째서 지금? 딱히 쳐들어올 만한 이유도 없을 텐데?"

"그건 모르겠습니다. 제국 내에서는 뭔가 다른 이유가 있을지도 모르겠습니다만…… 거기까지는 파악하지 못했습니다."

"나 원 참, 첩첩산중이로구만……. 잘도 이렇게 계속 문제가 터지는군."

"동감입니다."

마물의 증가와 수십 년 만에 출현한 마인의 존재. 게다가 뒤에서 이 상황을 조장했다고 여겨지는 슈투름이라는 이성을 유지한 마인. 그리고 제국에서는 침략의 징조.

"어쩌면…… 제국은 우리 왕국의 소동을 보고 공격하기에 좋은 기회라고 예상한 걸지도 모르겠군요."

"확실히 쉴 틈 없이 사건이 벌어지기는 했지. 하지만 왕국의 정세가 혼란스러워진 건 아니네만."

각 사건은 마물의 증가 외에는 전부 해결되었고 이 사건들 때문에 국내 혼란에 빠지지도 않았다.

하지만 제국은 움직임을 보였다.

이유는 전혀 알 수 없었다. 그렇다고 무시할 수도 없는 노릇이라 국왕에게 보고하기로 했다.

"뭐? 그게 사실인가?"

"제국이 움직임을 보인 건 틀림없습니다. 선전 포고를 받은 건 아니니 전쟁 준비라는 확증은 없습니다만……."

"허나…… 그 정보로 미루어보면 그렇게 생각하는 편이 낫겠군. ……도미니크!"

"예!"

"늘어난 마물을 토벌하느라 바쁜 와중에 미안하다만, 아무래도 우리나라도 전쟁에 대비해야 할 것 같다. 준비를 진행하도록."

"알겠사옵니다!"

이렇게 해서 왕국도 전쟁 준비를 시작했다.

◇

블루스피어 제국령 내에 있는 어느 도시. 그 도시에 있는 건물의 어느 방.

그곳에는 몸을 붕대로 감고 있는 남자가 침대에 누워 있었다.

그리고 그 남자에게 보고하는 젊은 여자도 있었다.

"호오, 그럼 왕국도 전쟁 준비에 들어갔다는 겁니까."

"예. 제국군이 노골적인 움직임을 보여서 바로 눈치챈 모양입니다."

"제스트 군 쪽은 순조로운 것 같군요. 자, 그럼 앞으로 어떻게 될 것 같습니까. 밀리아 양."

"……전 잘 모르겠습니다. 슈투름 님."

이 방에 있는 건 신의 공격에서 간신히 목숨을 부지하고 도주한 올리버 슈투름이었다.

"여러분, 아무쪼록 멋지게 춤춰주시길. 후후후, 아하하하!"

심한 상처를 입었지만 자신의 마력으로 조금씩 회복하는 중이었다.

밀리아라고 불린 여성은 그런 슈투름을 헌신적으로 간호했다.

미친 듯이 웃는 그를 그저 가만히 지켜보면서…….

한편, 블루스피어 제국의 황성에서 한창 전쟁 준비를 진행 중인 제국군 내에서는―

"제스트, 네놈이 가져온 정보의 출처는?"

"실은 알스하이드 왕국 내에 있는 협력자가, 마물의 증가로 나라 전체가 혼란에 빠졌다고 하더군요. 그래서 조사해본 결과…….

"왕국의 마물이 증가한 반면 제국의 마물은 감소했다는 사실을 눈치챘다는 건가…….

"그렇습니다."

"흠…… 실제로 우리 제국에 있는 마물의 수는 급격히 줄어들고 있지. 이건 슬슬 왕국을 손에 넣을 기회인가."

"저도 그렇게 되길 바라고 있습니다."

"흠, 평민인 네놈이 말하지 않아도 잘 알고 있다."

"……그렇군요."

"뭐, 안심해라. 네 정보는 우리 제국 귀족이 유익하게 써주마. 영광스럽게 생각하도록."

"……예."

웃으면서 떠나가는 귀족 남자의 등을 제스트라 불린 남자는 그저 가만히 노려보고만 있었다.

◇

방과 후에 연구회를 시작하자마자 앨리스가 이런 질문을 꺼냈다.

"그러고 보니 아침에 분위기가 이상하던데, 무슨 일이라도 있었어?"

"신에게 뭔가 꿍꿍이가 있는 모양이라 추궁하려고 했던 것뿐이야."

"……꿍꿍이요?"

"이상한 일은 안 꾸몄다니까 그러네."

"그럼 대체 뭘 꾸민 거지?"

모두의 시선이 나에게 모였다.

"요즘 이상한 사건이 계속 벌어지고 있잖아? 일단 해결하긴 했지만 또 뭔가 일어날 가능성은 부정할 수 없어. 그러니까 사전에 너희들의 전력을 상승시키는 게 좋지 않을까 생각한 것뿐이라고."

더 이상한 오해가 생기기 전에 솔직한 생각을 털어놓았다.

"그렇군. 우리의 전력 상승인가."

"응. 딱히 이상한 생각은 아니잖아?"

"확실히 그렇다만…… 신, 그렇다면 넌 우리에게 뭘 시킬 셈이지?"

"너희들 전부 어느 정도 공격 마법과 방어 마법을 쓸 수 있게 하고 액세서리에 방어 마법을 부여하는 정도?"

일단 대략적인 방침을 전했다.

"……알았다. 일단 이상한 생각을 하지 않은 건 확실한 것 같군."

"그렇지?"

오그가 납득해준 참에 린이 질문을 던졌다.

"월포드 군. 조금 전의 게이트 마법도 가르쳐줄 거야?"

"린은 게이트를 배우고 싶어?"

"응. 그건 굉장한 마법. 그게 있으면 생존률이 대폭 올라갈 테고 이동도 편해질 거야."

"게이트가 뭐야?"

나는 아침에 없었던 앨리스를 위해 다시 한 번 게이트 마법을 선보였다.

"와! 와! 굉장해! 이게 있으면 지각을 걱정할 필요 없잖아!"

그런 불순한 동기로 배우려고 하다니!

뭐, 동기야 어쨌든 모두가 전력 상승에 적극적이라는 사실은 확인했다. 그래서 먼저 모두의 마력 제어 능력이 어느 정도 되는지 조사하기로 했다.

"마력 제어? 왜 그런 걸 조사하는 거지?"

"왜라니……"

제어할 수 있는 마력을 조사하고 싶다고 말하자 오그가 의아한 얼굴로 물어보았다.

마법을 쓰려면 그에 알맞은 마력 제어 능력이 필요한 법인데…… 다들 몰랐던 건가?

그래서 물어보자─.

"어? 고등 마법에 가장 필요한 건 영창 아니었어?"

"그게 상식이지."

"아닙니까?"

오히려 마리아, 오그, 토르에게서 질문이 돌아왔다.

마법을 쓰려면 연료가 되는 마력이 필요하므로 강력한 마법을 쓰기 위한 필수 전제조건은 어느 정도 마력을 제어할 수 있는 능력이다.

나는 그게 당연하다고 생각했는데 연구회 멤버의 생각은 달랐다.

강력한 마법을 쓰려면 주문 영창을 외우고, 거기에 적합한 『이미지』를 떠올리는 것이 가장 중요하다고 생각하는 모양이었다.

마법에 관한 시각차는 제쳐놓고 나는 다들 얼마나 마력을 제어할 수 있는지 확인하기 위해 마력 장벽을 펼쳐달라고 말했다.

"틀렸어. 장벽이 얇아. 이걸로는 마법을 거의 막아내지 못해."

"하지만 마력 장벽이라는 건 그다지 방어력이 높은 방어 마법도 아니잖아?"

"……그거 진심으로 하는 말이야?"

"응?"

이건 처음부터 인식을 고쳐줄 필요가 있겠군.

"요전에 슈투름이 경비대 대기소에서 내 첫 공격을 막아 냈었지?"

"아, 그건 첫 수업 때 네가 썼던 마법의 강화판이었지. 설마 그걸 막아낼 줄은 몰랐다만……."

"그거, 마력 장벽으로 막은 거였거든?"

"뭐, 뭐라고?!"

"거짓말……."

"마력 장벽이라는 건 그거지? 순수한 마력만으로 장벽을 생성하는 가장 간단한 방어 마법이잖아?"

"무슨 특별한 방어 마법인 줄 알았어요……."

"다룰 수 있는 마력이 막대하니까 마력 장벽에 막힐 거라 는 건 처음부터 알고 있었어. 그래서 난 마법을 날린 후에 바로 슈투름의 뒤를 잡으려고 움직인 거야."

그 마법은 슈투름의 의식을 돌리기 위해 쓴 미끼였던 셈이다.

"마력이 강하면 특별한 방어 마법을 쓰지 않아도 마력 장벽만으로 충분히 마법을 막아낼 수 있어. 시실리, 내가 요전에 부여한 액세서리의 방어 마법을 전개해볼래?"

"아, 예."

시실리는 그렇게 대답하고 마도구가 된 반지에 마력을 흘려 넣었다.

"와! 굉장한 마력 장벽이에요!"

"2중? 아, 물리 장벽도 부여한 거구나~."

"장벽이 굉장해서 듣기 전까지는 몰랐어……. 확실히 제어되고 있는 마력도 굉장해."

"시실리, 이거 마력을 있는 힘껏 짜낸 거야?"

"아뇨……. 발동할 때 쓴 마력이 전부예요."

"여기에는 내 마력 제어의 이미지가 부여되어 있어. 그 이미지에 따라 부여된 마법이 필요한 마력을 모아서 마력 장벽과 물리 방벽을 전개한 거야."

다들 전개된 마력 장벽을 보고 망연자실한 표정을 지었다. 이걸로 마력 제어가 중요하다는 걸 이해해줬을까?

"확실히 이미지도 중요해. 하지만 그 이미지를 구현해도 그만큼 필요한 마력을 모으지 못한다면 발동조차 할 수 없잖아?"

다들 조용히 내 말에 귀를 기울였다.

"그러니까 일단 마력 제어부터 훈련하자. 게이트나 다른 마법은 아직 일러."

내가 그렇게 결론을 내자 다들 얌전한 얼굴이 됐다. 아니, 그보다 왜 이런 상식조차 모르는 거지?

"신. 넌 어떻게 이런 사실을 알고 있는 거지?"

"어떻게라니……. 어릴 때부터 마법을 쓰려면 마력 제어가 필수, 마력을 제어하지 못하면 아무리 이미지를 떠올려봤자 마법은 발동하지 않으니까 먼저 마력을 잔뜩 제어할 수 있도록 연습해두라고 할아버지한테 배웠는데?"

"그렇군……. 그것이 현자님께서 이룩하신 위업의 비결인가……."

"아니, 그보다…… 마력 제어도 안 하면서 대체 어떻게 마법을 쓰는 거야?"

"간단한 제어 정도는 가능해. 다만, 고도의 마법을 쓸 때는 아무래도 영창 쪽에 의식이 쏠리지. 그리고…… 마력 제어 연습은 지루하기도 하고……."

다들 조용히 고개를 끄덕였다.

"너희도 그래?"

"……어느 정도 마법을 쓸 수 있게 되면 아무래도 영창 쪽에 의식이 쏠리게 마련이니까……."

"저도 그래요……. 마법에 마력이 필요한 건 기본 중의 기본인데도……."

"신 군은 늘 마력 제어 연습을 하고 있어?"

"응. 어릴 때부터 매일 하고 있으니까 이미 습관이 됐지."

난 그렇게 말하고 마력을 모아서 제어해봤다.

그러자 연구실에 있는 마력이 한층 농밀해졌다.

"윽!"

"이건……."

"괴, 굉장해……."

"어떤 마법을 쓰건 간에 일단 마력부터 제어하는 게 전제 조건이야."

나는 그렇게 말하면서 모아들인 마력을 다시 주위로 해방 했다.

"그런 고로 앞으로 매일 마력 제어 연습을 할 것. 땡땡이 치면 안 된다?"

"알았어. 노력할게."

"……린은 폭주시키지 말고."

"안 시켜!"

"그리고 목표는 무영창으로 마법을 쓸 수 있게 되는 거야."

""뭐어~?!""

"뭐어~가 아니야. 여긴 『궁극 마법 연구회』잖아? 그 정도 쯤은 할 수 있어야지."

"알았어. 노력할게."

"……린은 폭주시키지 마라?"

"안 시킨다니까!"

아무래도 린에게는 폭주 마법소녀라는 이미지가…….

그날은 종일 마력 제어 연습을 하고 끝나기 전에 다시 마력 장벽을 전개해봤다.

"……이건. ……아니, 기분 탓인가?"

"기분 탓이 아니에요. 아까보다 조금 마력 장벽이 두꺼워졌어요."

아무래도 마리아는 실감한 듯했다.

"각자 집에서도 마력 제어 연습을 할 것. 그게 익숙해지면 실제로 마법을 연습해보자."

결국 이날은 기본 중의 기본만 가르쳐주고 연구회를 마쳤다.

다만, 모두의 얼굴에는 의욕이 가득했다.

전력 상승에 전망이 보이자 다들 의기양양한 표정으로 학교를 나왔다.

"이봐! 나오신다!"

"신 니임~!"

"이쪽 좀 봐주세요~!"

"월포드 군! 한 마디! 한 마디만 부탁해요!"

……그리고 다시 건물 안으로 돌아왔다.

"까, 깜빡했어……."

"아니, 그보다 집에서 나오는 모습을 보이지 않았는데 어떻게 학교에 온 걸 알고 있는 걸까?"

"뒷문으로 나왔다고 생각한 거겠지. 그러니까 이번엔 학교 앞에서 진을 치고 있던 게 아닐까?"

"굉장한 집념이네……."

"아니, 그보다! 저렇게 인파가 몰려 있으면 학교에서 못 나가잖아!"

"어쩔 수 없지. 또 이걸 쓰는 수밖에……."

이건 어쩔 수 없군. 어쩔 수 없잖아?

게이트의 좌표를 우리 집으로 지정하고 다 같이 통과했다.

"어라, 어서 오렴. 신. 또 게이트를 쓴 거니?"

"어서 오려무나, 신. 무슨 일이라도 있는 게냐? 그렇게 친구들을 잔뜩 데려오다니."

"다녀왔어, 할아버지. 할머니. 아니, 그게 학교 앞에 엄청나게 사람들이 몰려와서…… 도저히 빠져나올 수 없더라고."

"정말이지! 쓸데없이 수선을 떨어대기는!"

"허허, 조만간 잠잠해질 게다."

정말 그럴까?

"그보다 처음 보는 애도 있는걸. 소개해주지 않겠니?"

"아, 그러고 보니 우리 집에 처음 와본 건……."

"애, 앨리스라고 합니다! 앨리스 코너예요!"

"린 휴즈라고 합니다. 만나 뵙게 돼서 영광입니다."

"처음 뵙겠습니다. 토니 플레이드라고 합니다."

"전 유리 칼튼이라고 해요오~."

"마! 마크 빈즈라고 함다!"

"오, 오, 올리비아 스톤이라고 합니다!"

내가 소개하기도 전에 각자 자기소개를 시작해버렸다.

"몇 명은 들어본 적 있는 이름이네. 특히, 마크라고 했지?"

"그, 그렇습다!"

"너희 공방에 폐를 끼친 모양이던데…… 정말 미안하구나."

"그! 그럴 리가요! 고개를 들어주세요! 오히려 아빠는 덕분에 큰 계약이 성사됐다고 엄청 기뻐하셨습다!"

"그래도 우리 손자가 폐를 끼친 건 사실이니까 사과를 받아주렴."

"그렇군. 미안하구나, 마크 군."

"제발 참아주십쇼!"

할머니와 할아버지가 고개를 숙이자 마크가 비명을 질렀다.

"할아버지, 할머니. 그만해. 마크가 난처해 하잖아?"

"이게 누구 탓인데! 누구 탓!"

내가 말리자 할머니가 엄청 화를 냈다.

"그, 그보다 할아버지랑 할머니한테 물어보고 싶은 게 있는데, 괜찮을까?"

"하아…… 뭔데?"

"무슨 일이라도 있었느냐?"

"오늘 처음 안 사실인데…… 마법 연습이 마력 제어 연습 아니었어?"

내가 그렇게 말하자 할아버지가 약간 슬픈 표정을 지었다.

"한탄스러운 노릇이지. 다들 어느 정도 마법에 숙달되면 바로 잔재주를 부리려 드니. 마법 연습이라고 하면 화려한 영창과, 그걸 이미지하는 일이라고 생각하더구나. 그 탓인지 해마다 마법사의 질이 떨어지고 있더군."

할아버지가 한심스럽다는 듯 탄식하자 다들 풀이 죽었다.

"반쯤은 당신 탓인데 말이야."

"내 탓?!"

할아버지는 할머니의 발언에 엄청나게 놀랐다.

"할머니, 그게 무슨 소리야?"

"무슨 소리고 자시고 멀린이 무영창으로 마법을 펑펑 써대니까 다들 그 모습에 동경한 거지. 멀린처럼 마법을 쓰고 싶다. 하지만 너무 난이도가 높아서 자신들에게는 무리다. 그런 와중에 멀린의 마법을 직접 본 적 있는 녀석이 그대로 이미지를 모방해서 영창했더니…… 우연히 성공했지 뭐니. 그 후로 영창만 파고들면 다양한 마법을 쓸 수 있는 풍조가 된 거란다."

"확실히…… 저희도 그렇게 생각했습니다."

"그건 내 탓이 아니잖나!"

"따지고 보면 원인은 당신이야. 정말이지, 자중이란 걸 모르고 마구 써대니까…… 내가 분명 말했지? 조금은 자중하라고. 잘 봐. 당신 때문에 신이 이 모양으로 자란 거잖아!"

"잠깐! 왜 갑자기 나한테 불똥이 튀는 거야?!"

"신 군이 자중을 모르는 건 현자님을 닮은 거군요."

"시실리까지?!"

어째선지 나까지 표적이 되고 말았다.

"아, 아무튼 마법에서 가장 중요한 건 마력 제어인 게다. 당연히 이미지도 중요하기는 해. 하지만 영창 따윈 원래 필요 없는 거란다."

""예?!""

"신을 보려무나. 이 아이가 영창하는 걸 본 적이 있느냐?"

"그러고 보니 한 번도 없었네요……."

"뭐, 이 아이의 경우는 이미지하는 방법이 특수하기도 하다만."

"그게 무슨 뜻입니까, 현자님."

"이 아이는 마법의『결과』가 아니라『과정』을 이미지하고 있는 게다. 너희는 불이 어떻게 타오르는 건지 알고 있느냐?"

"그건…… 명확히 대답할 수 없습니다만."

할아버지의 질문에 오그가 대답했다.

"나도 자세히는 모른단다. 하지만 이 아이는 거기서부터 의문을 갖더구나. 불이란 무엇인가. 왜 타오르는 것일까. 그 현상을 잘 관찰한 결과가…… 신이 화속성 마법을 쓰는 걸 본 적은 있나?"

"색이 푸르스름하더군요."

"그래. 그거다. 사실 그 불은 터무니없이 온도가 높은 모양이라 명중한 곳이 용암으로 변해서 녹아내리더군."

다들 감탄한 표정으로 이쪽을 쳐다봤지만…… 커닝해서 푼 답안을 칭찬받는 느낌이라 왠지 마음이 불편했다.

"신의 이미지는 특수하다만…… 무영창은 나나 멜리다도 쓸 수 있지. 그리고 전투 중에는 영창 같은 걸 할 여유도 없고, 영창 때문에 어떤 마법을 쓰려는지 상대가 눈치챈다면 간단히 대처 당하고 말아."

"그래서 신이 무영창을 익히라고 말했던 거군요……."

"호오, 그렇다면 마력 제어에 관한 설명을 들었겠구나."

""예.""

"그걸로 됐다. 일단 자신이 제어할 수 있는 마력의 양부터 늘리는 게다. 그러면 이미지한 대로 마법을 쓸 수 있게 되지. 이런 식으로."

앗! 할아버지가 게이트를?!

"할아버지! 그건!"

"허허, 제법 고생했다. 네가 종이에 적어준 설명을 이제야 겨우 이해할 수 있겠더구나."

과연 우리 할아버지. 아직도 탐구심과 향상심이 왕성해!

"신의 마법은 신만 쓸 수 있는 게 아니다. 마력을 제어할 수 있고 그에 따른 이미지도 명확하다면 누구나 쓸 수 있는 게지. 신은 규격 외이기는 해도 불합리한 존재는 아니란다."

““예! 알겠습니다!””

역시 나보다 할아버지의 입으로 말하는 편이 더 설득력이 있구나. 이건 인생 경험의 차이인가? 다들 의욕이 충만한지 당장에라도 연습하고 싶어서 몸이 근질거리는 듯했다.

“할아버지, 고마워.”

“허허, 아니다. ……나도 약간은 책임이란 걸 느껴서 말이다…….”

……그건 알고 싶지 않았는데…….

“멀린, 당신도 가끔은 좋은 말을 하네.”

“가끔이란 말은 사족일세.”

연구회 멤버들이 귀가하고 신이 시실리와 마리아를 집에 데려다주러 떠나서 거실이 텅 비자, 멜리다가 그렇게 말했다.

“당신이 게이트를 익힌 건 신을 위해서지?”

“……글쎄, 무슨 소리인지.”

“신은 마법을 쓸 때마다 규격 외라든가 엉망진창이라는 소리 듣고 있는 모양이야.”

“확실히 그런 것 같더군.”

“하지만 당신도 신의 마법을 쓸 수 있다면 꼭 그 아이만 특별하다고 볼 순 없겠지.”

"……."

"후훗. 잘됐네. 덕분에 다들 자신도 신의 마법을 쓸 수 있을지도 모른다고 기대감에 눈을 반짝였으니, 그 아이가 고독해질 일은 없을 거야."

"……그럴까?"

"그렇고말고. ……후후후."

멜리다가 기분이 좋아진 한편, 속마음을 들킨 멀린은 약간 겸연쩍어했다.

◇

다음 날에는 집에서도 꾸준히 마력 제어 연습을 했는지 멤버들의 제어 가능한 마력이 아주 조금 늘어나 있었다.

다만, 린이 머리띠를 하고 온 것이 살짝 신경 쓰였다.

평소에는 그냥 빗질만 대충 하고 올 뿐이었는데 말이다.

그래서 얼굴을 지그시 쳐다보자…… 바로 시선을 피해 버렸다.

"……린…… 너……."

"……아무 말도 하지 마……."

……폭주시켰구만…….

마력 폭발의 영향으로 머리카락도 폭발한 거겠지. 그래서 머리띠를 한 거였나.

"린, 너. 괜찮아?"

"자주 있는 일이야. 문제없어."

"자주 있는 일이라니…… 용케도 가족에게 혼이 안 나나 보네."

"우리 아버지는 궁정 마법사. 그래서 우리 집에는 마력이 폭주해도 괜찮은 마법 연습장이 있어."

"폭주 마법소녀가 탄생한 원인은 그거였나……."

지금까지도 내키는 대로 마법을 쓰고 몇 번이나 폭주시켰던 건지 린의 표정은 태연했다.

"그거 괜찮네. 앞으로 자기소개를 할 때는 『폭주 마법소녀』라고 말해야겠어."

"아니, 칭찬한 거 아니거든?"

연구회 이름도 그렇고 아무래도 네이밍 센스가 그쪽 취향인 모양이었다.

그리고 방과 후.

연구회가 끝나자 다들 귀가하기로 했다. 오늘은 마력 제어 연습만 했으니 별도의 언급은 생략한다.

정문 쪽을 보자 역시 사람들이 몰려있었다. 그래서 다들 소동이 벌어지기 전에 인파 옆으로 빠져나갔다.

나는 혼자서 뒷문으로 나왔다. 이쪽에도 몇 명인가 와 있었지만, 광학미채를 전개해서 내가 없는 걸 눈치채기 전에 학교 밖으로 빠져나와 정문으로 나온 일행과 합류했다.

"어제도 이러면 좋았을 텐데."

"아니, 어제는 먼저 날 보고 소동이 일어났으니까 이 방법은 쓸 수 없었어. 이번처럼 아무도 눈치채지 못한 상황에서만 쓸 수 있는 방법이야."

앨리스가 투덜댔지만 어제는 어쩔 수 없었다.

어제와 오늘 아침은 게이트로 이동했으니 거리로 나온 건 오랜만이었다.

그리고 오랜만에 본 거리의 분위기가 이상했다. 다들 왠지 모르게 불안한 표정으로 대화를 나누고 있었다.

"왠지 분위기가 이상하지 않아?"

"응? 아, 신 군은 요즘 밖으로 나오지 못해서 모르는구나."

"무슨 일이라도 있었어?"

"응, 군에서……."

"군?"

"전쟁 준비를 시작한 모양이야."

전쟁 준비.

나는 앨리스의 대답을 듣고 다시 한 번 주위를 관찰했다. 그러자 통행인들이 서로 얼굴을 맞대고 앞으로 어쩌면 좋은지, 왜 갑자기 전쟁을 시작하는 건지 영문을 모르겠다고 이야기를 나누는 것이 들렸다.

"전쟁 준비라니……. 대체 어디랑 싸우는 건데? 아니, 그보다 제국과 전쟁 중에 벌어진 마물의 대규모 범람을 경험한 뒤부터는 전쟁을 터부시했었다며?"

"상대가 바로 그 제국이다."

"제국이? 왜?"

"그런 건 제국에 물어봐. 지금 제국은 대규모 출정 준비가 한창이라더군. 다른 소국을 노리기에는 지나친 대규모 준비라고 하니 아마도 표적은……."

"대국. 알스하이드 왕국이라는 건가……."

제국이 전쟁을 걸었다. 어째서? 무슨 이유로?

아니, 이유는 알고 있다. 알스하이드 왕국을 손에 넣으면 블루스피어 제국은 단숨에 강해질 테니까. 그야말로 세계까지 장악할 수 있을 정도로. 하지만 하필이면 왜 지금? 이 타이밍을 노린 이유는 이해할 수 없었다.

"뭐, 전쟁은 아직 시작하지도 않았어. 전쟁이 고착 상태에 빠지면 학생들도 동원될지 모르지만, 지금 신경 써 봤자 어쩔 수 없지. 그리고 아마 신은 징병되지 않을 테고."

"왜…… 아, 나를 군사적으로 이용하지 않겠다는 그건가."

나는 시실리와 일행의 얼굴을 훑어보았다. 다들 불안한 표정이었다.

"확실히 징병은 안 될지도 모르겠지만, 너희가 위험에 처한다면 난 전장에 나설 거야. 이곳에서 만난 모두는 나에겐 둘도 없는 친구들이니까."

"신 군……."

"신……"

숙연한 분위기가 됐지만 일어나지도 않은 일에 벌써 풀이 죽을 필요는 없으리라.

"좋아! 다 같이 마크네 집에 가보자. 분명 오늘쯤 무기 시 작품이 나올 테니 와 달라고 했었거든."

"……그렇군. 오늘이었지. 다 같이 가볼까."

"그런 김에 너희가 쓸 액세서리도 사서 방어 마법을 부여 해야겠어. 전쟁이 일어나도 자기 몸은 지킬 수 있게."

나는 인적이 드문 뒷골목으로 들어가서 게이트를 열었다. 게이트 건너편은 빈 공방이었다.

"역시 편리해. 얼른 배우고 싶어."

"……린은 마력을 폭주시키는 버릇부터 고치고 나서."

"……노력할게."

그리고 공방에 들어가자 마크의 아버지가 기다리고 있었다.

"오! 이제야 왔구나, 신! 시작품은 완성됐다!"

"오오! 역시 프로! 일 진척이 빨라!"

"당연하지! 아, 전하도 보시겠습니까?"

"물론이다. 어디 보여다오."

그리고 아저씨가 가져온 건 언뜻 보기에는 평범하지만 코 등이와 자루 부분이 특이한 검 한 자루였다. 예를 들면 권 총의 그립 같은 형태였고 코등이 부분은 슬라이드하기 쉽게 손가락을 거는 부분이 달려 있었다. 그리고 엄지로 안전장치를 걸거나 풀 수 있어서 오작동으로 칼날이 갑자기 빠지는 것도 방지했다.

"굉장해! 아저씨! 이거 이미 완성품 아니야?"

"아니, 이제부터 조정에 들어가야 해. 칼날을 사출할 때나 다시 넣을 때의 스프링 상태, 슬라이드 장치의 뻑뻑함…… 여러 곳에 쓰인 스프링의 강도를 시험해봐야겠지."

"그런가. 하지만 이 정도까지 진행됐으면……."

"그래! 남은 건 조정하는 것뿐이니까 완성품은 금방 나올 거다."

아저씨는 씨익 웃었다. 자신만만한 모습이 멋있었다. 역시 장인답다.

"이건 굉장하네. 나는 빈 공방의 신제품 개발 현장에 입회하고 있는 거구나……."

"그게 무슨 소리야? 토니. 원래는 네 아이디어였잖아?"

토니가 착탈식이 좋다든가, 칼날을 진동시킬 거면 칼날 교환을 간단하게 하는 편이 좋다는 아이디어를 내준 덕분에 이렇게 새로운 무기가 만들어진 건데 말이다.

"오! 네가 토니 군인가! 이야~ 덕분에 즐거웠다! 고맙구나!"

"아뇨……. 그런……."

토니는 감개무량한 얼굴이었다. 진짜 의외였다.

"그럼 어서 조정에 들어가다오. 그리고 군용 칼날도 보고 싶다만."

"그쪽도 완성했습니다."

이미 군에 납품할 칼날도 완성되어 있었다. 바이브레이션 소드보다 두꺼워서 쉽게 부러질 것 같지는 않았다. 하지만 아저씨는 내구성을 아슬아슬한 수준까지 줄인 덕분에 생산성이 올라갔다고 설명했다.

"이건…… 충분히 실전에 도입할 수 있겠군. 해롤드, 훌륭한 일 처리다. 고맙구나."

"그, 그런! 괜찮습니다. 전하! 이건 제 일이니까요!"

그리고 우리는 곳곳에 달린 스프링의 강도를 조정하면서 새로운 무기를 완성해나갔다.

이런 튠업을 하는 건 왠지 즐거웠다. 남성진이 총출동해서 조정 작업에 참가했고, 여성진은 관심이 없는지 액세서리를 보러 위층으로 올라갔다.

그리고 최종적으로 기준이 될 강도를 정한 후, 개인 취향으로 개조할 수 있는 여지를 남긴 완성품이 태어났다.

그리고 보니 내 검은 바이브레이션 소드라는 이름을 붙였는데 군용 쪽은 어떻게 됐을까? 칼날을 교환할 수 있는 검이라면…….

"익스체인지 소드……."

"그거 괜찮군. 좋아! 오늘부터 이 검은 익스체인지 소드다! 해롤드, 급한 발주라 미안하지만 문제없겠나?"

"물론입니다. 전하."

"그럼 나중에 군의 보급 담당자를 보내도록 하지. 수량 같은 세세한 부분은 그자와 정해다오. 이번 전쟁이 데뷔전이 될 거다. 부탁하마."

"예! 알겠습니다!"

군용 검의 이름도 정해졌으니 나는 새로운 바이브레이션 소드에 마법을 부여했다. 그리고 교환용 칼날에도…….

"미안, 아저씨. 결국 전부 공짜로 받아가서."

"그건 전하께서 왕국에 청구하라고 하셨으니 신경 쓰지 마라."

"오그, 미안해."

"뭐, 덕분에 이번 전쟁에서 활약할 믿음직한 무기가 생긴 셈이니 오히려 운이 좋았지."

전쟁에서 데뷔전을 치를 거라는 말을 듣고 과연 제대로 기능할지 조금 불안했지만, 이 완성품을 보자 약간 안심이 됐다.

그리고 액세서리는 빈 공방에서 무료로 제공했다.

다들 겸연쩍어 했지만 이번 군의 제식 장비 발주가 상당히 큰 이익이 됐는지 아저씨는 신경 쓰지 말라면서 웃었다.

이것으로 우리 연구회 멤버 전원이 방어 마법을 부여한 액세서리를 소지할 수 있게 됐다.

적어도 방어에 관해서는 한시름 던 셈이었다.

◇

어느 날 알스하이드 왕국군에 새로운 무기가 지급됐다.

지금까지 본 적 없는 형태의 새로운 검이었다.

이 검을 직접 써본 병사들의 감상을 언급하자면…….

"이봐, 새로운 검은 써봤어?"

"응. 날카로움은 합격이네. 하지만 이건…… 완전히 실전 지향적인 무기로군."

"장식이 전혀 없고 칼날이 무뎌지면 바로 교체할 수 있는 실용성을 중시한 무기인가……."

"전장에서 칼날을 교환할 수 있는 건 확실히 유리해. 하지만 이런 걸 지급받으니……."

"……마침내 전쟁이 시작됐다는 실감이 드는군."

효율적으로 적을 죽이기 위한 무기를 지급받은 병사들은 강력한 무기를 손에 넣었다는 고양감과 전쟁이 시작됐다는 긴장감이 뒤섞인 복잡한 기분에 잠겨 있었다.

이렇게 새로운 무기의 지급, 필요한 물자의 징발, 각 영지에 흩어진 군인을 마물에 대응할 수 있는 최소한의 인원만 남기고 소집, 지원병 모집을 마치자 언제라도 출병할 수 있는 준비가 갖춰졌다.

그리고 제국에 파견한 첩보원의 보고가 돌아왔다.

"보고하겠습니다! 블루스피어 제국군이 우리나라를 향해

진군을 개시했습니다!"

　이 보고를 들은 왕성에 모인 상층부가 긴장감에 휩싸였지만 사전에 예상했던 일이기에 혼란은 없었다. 국왕 디세움은 칙명을 내렸다.

　"다들, 들었겠지? 아무래도 제국은 기회를 보는 능력이 없는 모양이군. 이런 어리석은 행위에 우리나라는 철저하게 항전한다! 알스하이드 왕국의 힘을 제국에게 보여주는 거다! 전군! 출격하라!"

　마침내 제국이 움직였다.

　왕국도 그 움직임에 대응했다. 아직 선전포고는 없었으니 이건 제국의 일방적인 침략행위라 볼 수 있었다. 그래서 알스하이드 상층부는 자신들이 군을 움직이는 정당성을 주변국들에게 전달했다.

　그리고 이 출병 소식은 알스하이드 국민에게도 전달되었다.

　"마침내 왕국군이 출진했네."

　학교에 도착하자 오늘은 먼저 와 있던 앨리스가 그렇게 말을 걸었다.

　"응. 거리도 그 소식으로 떠들썩하던걸."

　왕국의 발표와 신문의 호외도 있어서 전 국민이 알고 있었다.

전쟁의 기운이 고조될 무렵부터 나를 둘러싼 소동도 가라앉았다. 걸어서 등교할 수 있게 된 덕분에 거리의 분위기를 직접 확인할 수 있었다.

"결국, 출병 규모는 얼마나 되나요?"

"제국군, 왕국군 양군 다 8만씩이다."

마리아의 질문에 오그가 대답했다.

"흐음~ 전력은 거의 호각인가."

"하지만 그 부분이 이상해."

"이상하다고?"

내가 전력이 호각이라고 말하자 오그가 이상하다고 지적했다.

"그래. 현재 우리가 파악한 제국군의 총 전력은 8만인데……."

"총 전력인가. 제국도 필사적이네."

"그게 문제가 아니야. 우리나라는 그 전력을 갖추기 위해 지원병을 모으고, 마물 헌터 협회에까지 용병을 고용하겠다는 의뢰를 넣어서 겨우 확보한 거라고."

"흐응. 역시 제국은 군사력에 힘을 많이 쏟은 모양이네."

"아니, 머릿수만 놓고 보면 왕국군도 거의 비슷해."

"응? 그럼 왜 지원병이랑 용병을 모집한 거야?"

"왕국군은 전군을 소집한 게 아니야. 각지의 마물 대책을 위해 필요한 인원을 남기고 부족한 인원만 모은 거지."

아, 그런가. 마물 대책이 있었지! 응? 그렇다면…….

"하지만 제국군은 전군을 동원한 거지? 마물 대책은?"

"그게 이상하다는 거야. 제국은 마물을 내버려두고 왕국에 출병했어. 어째서일까."

"제국도 용병을 고용한 건?"

"제국이 용병을 모집하지 않았다는 건 이미 확인됐어. 각지에서 전군을 소집했다는 것도."

"정말로 마물은 방치하는 건가."

"제국은 대체 무슨 생각을 하는 거지?"

오그가 고민하자 다들 입을 다물었다.

"뭐, 여기서 아무리 추측해봤자 어쩔 수 없으니 우리는 우리가 할 수 있는 일을 하자. 조만간 제국이 그렇게 행동한 의도도 알 수 있겠지."

"……그렇군. 우리가 할 수 있는 일인가……."

"그런고로 슬슬 실전적인 마법 연습에 들어갈까 하는데, 어때?"

"드디어 게이트를 가르쳐주는 거야?"

"그래. 그것도 포함해서."

"마력 제어 연습도 성과가 있는지 요즘에는 마법의 위력도 올라갔어!"

이제야 본격적인 마법 연습에 들어갈 수 있을 정도로 모두의 마력 제어도 능숙해졌다. 얼마 전에 할아버지가 직접 게이트를 쓴 걸 보더니 자신들도 노력여하에 따라 얼마든지 내 마법을 쓸 수 있다는 것을 깨닫고, 의욕이 생겨서 다들 진지하게 마력 제어 연습을 했다. 이 상태라면 마법을 가르쳐줘도 문제없을 것 같았다.

"그럼 오늘도 열심히 연구회 활동을 하자~!"

"그 전에 수업이 있잖아. 코너."

"아! 그랬지!"

"너희들은…… 대체 뭘 하러 학교에 온 거냐."

알프레드 선생님이 탄식했다. 물론 수업도 제대로 듣고 있다고요?

개전과 진짜 목적

제2장

알스하이드 왕국군은 제국과의 국경 근처까지 도착했다.

과거에 제국과 전쟁이 벌어졌을 때 전장이 된 장소였다. 이번에도 제국군의 진로로 미루어 보면 이곳이 주전장이 될 가능성이 컸다.

그날 군의 야영지에 설치한 지휘 사령부에서 총사령관인 도미니크는 척후 부대의 보고를 정리했다.

정보에 따르면 제국군과 마주치는 건 이틀 후다. 주전장이 될 곳은 전망이 넓게 트인 평야라 기습이나 매복을 걱정할 필요 없이 정면에서 부딪칠 가능성이 컸다. 척후 부대의 보고로 별동대가 없다는 것도 확인했다. 그래서 도미니크는 제국의 노림수를 파악하지 못하고 있었다.

"······이해할 수가 없군. 거기서 싸우는 게 제국에 무슨 이득이 있지? 침략은 기습이 더 효과적일 터. 그런데 정보 통제도 하지 않고 기습하기 위해 진군을 서두르는 기색도 없어. 대군을 이끌고 유유자적하게 이동하다니······ 제국군이 이렇게까지 멍청했었나? 아니면 혹시 뭔가 노리는 게 있는 건가?"

"그렇게 끙끙대봤자 모르는 건 어쩔 수 없지. 어쩌면 아무 생각도 없는 어리석은 황제의 어리석은 판단으로 벌인 어리석은 행위일 가능성도 있잖아?"

전 군무국장이자 현 마법사단장인 루퍼가 이번 전쟁의 참모로서 도미니크에게 조언했다.

"척후 부대의 보고로는 그럴 가능성이 가장 크다만…… 이건 너무나도 어리석지 않나."

"뭐…… 왕국이었다면 어린애도 이런 짓은 안 하겠지."

"아직 뭔가 꿍꿍이가 있을 거라고 생각하는 편이 그나마 납득이 가."

"하지만 총전력 8만을 그대로 이끌고 진군. 별동대도 확인되지 않았어. 이건 어리석은 짓 그 자체잖아."

"흐음…… 정말로 대체 무슨 생각을 하는 건지……."

도미니크가 제국의 의도를 파악하지 못해 고민하고 있을 시점에서 제국도 야영 중이었다. 그리고 이쪽에서도 척후 부대의 보고를 받았다.

"보고 드립니다. 알스하이드 왕국군은 역시 마물에 대처하느라 분주한 듯합니다."

"그런가. 폐하, 왕국은 마물에 대처하느라 기진맥진한 모양입니다. 이대로 대군을 이끌고 진군하면 우리의 대승리는 틀림없겠지요."

"흥, 그야 그렇겠지. 우리 제국에 마물이 줄어들고 왕국의 마물이 늘어났다는 보고를 들었을 때 짐은 확신했다. 왕국은 마물을 대처하느라 우리 군의 맹공을 견뎌낼 수 없을 거라고."

"역시 영민하신 판단이옵니다, 폐하."

척후 부대의 보고를 만족스럽게 들은 남자는 블루스피어 제국의 황제.

헤럴드 폰 블루스피어.

최근에 황제의 자리에 오른 남자였다.

제국 황제의 선출은 세습제가 아니다. 귀족원이 선거로 제위 계승권을 가진 제국 공작가 당주 중에서 선출한다.

그런 까닭에 귀족원에 대한 뇌물, 편의, 강요가 성행하다 보니 공평한 선거가 이뤄진 적은 제국 역사상 단 한 번도 없었다.

헤럴드는 귀족원뿐만 아니라 대항 후보들에게도 이간질과 음습한 방해공작을 펼쳐서 제위에 오른 남자였다.

그래서 많은 원한을 샀지만 이미 황제가 되었기에 그의 뜻에 거스를 자는 존재하지 않았다.

이 새 황제 헤럴드는 타인의 훼방을 놓는 일에는 능하지만 정치에는 완벽할 정도로 무능했다.

자신에게 유리한 보고만 믿고 불리한 보고는 말소했다. 게다가 자기과시욕까지 강하다 보니 알스하이드 왕국 침략은 그의 비원이기도 했다.

물론 자신이 역대 사상 최초로 세계를 정복한 황제로서 칭송받기 위해서였다.

그런 남자에게 알스하이드 왕국에서는 늘어난 마물을 대처하느라 정신이 없지만 제국에는 마물의 수가 격감했다는 정보가 들어왔다.

이 보고를 듣자마자 헤럴드의 머릿속에는 제국군의 공세에 버티지 못하고 붕괴하는 왕국의 모습이 그려졌다.

알스하이드 왕국을 정복할 수 있을지도 모른다.

한 번 그 가능성을 떠올리자 더는 자제할 수가 없었다. 진군을 개시한 후에도 들어오는 건 제국에 유리한 보고뿐…….

헤럴드는 완전히 자신의 승리를 확신하고 있었다.

제국의 지휘 사령부에 보고한 남자, 제스트는 천막을 노려보면서 그 자리를 떠났다.

그 후에도 제스트의 척후 부대는 왕국이 제국의 움직임을 전혀 파악하지 못했고, 왕국군은 늘어난 마물을 사냥하느라 다른 일에 주의를 기울일 여력이 없다는 유리한 정보만 가지고 왔다.

자신에게 유리한 정보만 좋아하는 황제 헤럴드는 만족스러운 얼굴로 그 정보를 완전히 과신했다.

자신들의 완벽한 승리를 의심하지 않은 제국군은 마침내 무장한 상태로 알스하이드 왕국의 국경선을 넘었다.

그리고 양군은 서로의 전력을 확인했다.

제국군은 매우 놀랐다.

척후 부대의 보고에 따르면 왕국군은 각지에서 발생한 마물의 대량 출몰에 대처하느라 바빠서 여기에 있을 리 없었기 때문이다.

"이게 어찌 된 일이냐! 왕국군은 완전히 우리의 움직임을 대비하고 있지 않은가!"

"제스트, 제스트를 불러와라!"

"그……그게……."

"뭐냐!"

"어젯밤부터 제스트의 모습이 보이지 않습니다. 그뿐만 아니라 놈이 지휘했던 척후 부대도 연락이 되질 않습니다……."

"뭐, 뭐라고……?!"

"폐하! 이젠 물러날 수도 없는 상황입니다! 우리는 대군을 이끌고 왕국령을 침범했습니다. 이건 왕국군으로선 공격을 가할 충분한 이유가 됩니다. 지금은 공격하는 수밖에 없습니다!"

"네 이놈……. 척후 부대라면 평민 놈들의 집단이 아닌가! 잘도…… 잘도 평민 주제에 짐을 속였구나! 전군에 고한다! 어차피 왕국군은 배제할 예정이었다! 그게 늦건 이르건 차이는 없다! 왕국군에게 우리군의 힘을 보여라! 전군, 돌격 개시!"

제국군은 돌격을 개시했다. 한편 왕국군은—.

"좋아. 예정대로 첫 공격은 마법사단이 담당한다!"

왕국군의 마법사단이 마법 공격을 소나기처럼 퍼붓자 돌격해온 제국군은 계속해서 피해를 입었다.

전투가 시작되면 서로 마법으로 응수한 후, 기사와 병사가 돌격하는 것이 일반적인 전쟁의 양상이었다.

하지만 제국군은 이 전투 자체가 예상 밖이라 지휘 계통이 혼란에 빠진 탓에 그저 돌격만 하는 오합지졸로 변모했다. 왕국군의 마법사단에는 그저 맞추기 쉬운 표적에 불과했다.

그래도 난을 피한 자들은 왕국군에 접근했다.

"바보처럼 정면에서 부딪칠 필요는 없다. 우익, 좌익은 제국군의 측면을 노려라! 정면은 제국군을 막아라!"

""오오!""

혼란스러운 제국군과 달리 완벽히 준비가 된 왕국군은 제국군을 포위하듯 진형을 전개해서 맞이했다.

이미 마법으로 피해를 입은 제국군은 왕국군의 진형을 돌파할 수 없었다. 게다가 양 측면까지 공격당한 결과 어쩔 방법도 없이 계속 사망자를 늘렸다. 그리고 그것은 날이 저물어서 철수하기 직전까지 계속되었다.

철수가 늦어진 건 황제 헤럴드가 쓸데없는 자존심으로 철수를 거부했기 때문이었다.

8만이나 있었던 제국군은 고작 하루 만에 거의 절반까지 줄어들었지만 왕국군의 손해는 고작 백을 약간 넘은 역사적인 대참패를 기록했다.

첫날 전투가 끝나자 헤럴드는 지휘 사령부에서 난동을 부렸다.

"뭐냐! 이 추태는! 이래선 우리의 손해만 늘어날 뿐이 아닌가!"

천막 안에서 거친 목소리가 울려 퍼졌지만 아무도 그를 말릴 수 없었다. 여기서 입을 열었다간 처형당할 위험성이 컸기 때문이다.

결국, 헤럴드는 소리만 질러댈 뿐 구체적인 해결책은 아무것도 결정하지 않고 쉬러 돌아갔다.

이런 사태에 빠진 건 전부 척후 부대가 거짓 보고를 올렸기 때문이다. 누구나가 제국을 노리는 악의를 느꼈지만 결국 아무것도 하지 못했다.

작전을 결정하는 건 어디까지나 황제다. 아랫사람이 진언하거나 작전을 제안하면 자존심이 센 황제의 기분을 상하게 할지도 몰랐다.

측근들은 절망에 가까운 심정으로 잠들지 못하는 밤을 보냈다.

그리고 왕국군에서는 오늘 전투에 관한 회의가 열렸다.

"루퍼가 말한 대로였군. 어리석은 황제가 어리석게 군을 움직여서 어리석은 전쟁을 벌인 거였어. 솔직히 이런 감상밖에 안 떠오르는군."

"동감이다. 대체 저게 뭐야? 우직하게 계속 돌격만 명령하기는……."

"내일도 이런 식일까?"

"그럴 가능성이 크겠지."

왕국군 사령관들은 제국군과는 다른 의미로 한숨을 내쉬었다.

결국 둘째 날 이후에도 제국군은 아무런 의미도 없는 돌격을 반복한 탓에 8만이나 됐던 전력은 3일 만에 2만까지 줄어들었고, 헤럴드를 제외한 전 제국군은 전멸 가능성을 고려하기 시작했다.

시간을 약간 거슬러 올라가서 제국군과 왕국군이 전투를 개시했을 무렵.

왕국의 척후 부대는 믿을 수 없는 광경에 직면했다. 그리고 보고를 위해 서둘러 그 자리를 떠났다.

"그런…… 바보 같은!"

그렇게 중얼거리면서 한시라도 빨리 이 정보를 전하기 위해 전속력으로 말을 몰았다.

그리고 나흘째 아침을 맞이한 시점에서 양군에게 정보가

도달했다.

"보고하겠습니다!"

"뭐냐, 무슨 일이지?"

매우 험악한 척후의 표정에서 도미니크는 큰일이 벌어진 거라고 추측했다. 그리고 척후의 입에서 나온 정보를 듣고는 놀라움을 금할 수 없었다.

"마물이…… 마물이 대량으로 발생했습니다!"

"뭐?"

"중형 이상의 마물이 대량으로 발생해서 침공을 개시하고 있습니다! 목적지는……『블루스피어 제국의 제도』입니다!"

"뭐라고?!"

"게다가……."

"또 뭐가 있는 건가?"

"마인을…… 마인을 목격했습니다!"

"그, 그런 바보 같은! 마인이라고?!"

그리고 그 정보는 제국 진영에도 전해졌다.

"말도 안 돼! 마물이 줄어든 게 아니었나?!"

"폐하! 이건 왕국과 전쟁을 벌일 때가 아닙니다! 지금 당장에라도 제도로 돌아가야 합니다!"

"네 이놈들…… 마물 따위가 짐의 제도로 쳐들어왔다고? 웃기지 마라! 전군에 고한다! 왕국군을 신경 쓸 여유는 없다! 급히 제도로 귀환해 마물들을 박멸하라!"

헤럴드는 분노 때문에 새빨갛게 물든 얼굴로 전군에 명령을 내렸다. 제국군은 즉시 진로를 변경해서 제도로 철수하기 시작했다.

그리고 왕국군은 어떻게 반응해야 할지 망설였다. 이대로 제도로 진군할 것인가, 아니면 왕국으로 돌아갈 것인가.

"그건 그렇고 또 마인인가……. 역사상 단 한 명밖에 출현하지 않았던 존재가 최근 몇 개월 만에 세 명이나? 대체 이게 어떻게 된 노릇이지?"

루퍼는 그렇게 푸념을 흘렸다.

"이대로 돌아가는 편이 좋지 않을까요?"

"아니, 마인까지 섞여 있다면 내버려 두는 것도 위험해. 여기서는 일단 제국과 손을 잡고 마인을 토벌하는 편이 낫지 않겠나?"

"하지만 제국이 그 제안을 받아들일까요?"

"제정신이면 받아들이지 않을까?"

"모르겠습니다. 어쩌면 마물을 토벌한 후에 이쪽으로 칼을 돌릴지도 모르지요."

"그럴 가능성도 크겠군……."

시급히 회의를 열었지만 별다른 진전은 없었다. 그리고 모두가 총사령관인 도미니크의 판단에 맡기기로 했다.

"마인을 내버려 두는 건 위험하다. 가능하면 지금 토벌해두는 편이 낫겠지. 하지만 제국이 우리를 받아들이지 않을 가능성도 있다. 따라서 우리는 일단 제국군 후방에서 전황을 살피겠다. 제국군이 그대로 마인 토벌에 성공한다면 다행이지만 실패한다면 그때는 우리 군을 움직인다. 현 상황에서는 이것이 최선이라고 생각한다만, 어떤가."

"그걸로 충분하지 않아? 나도 그보다 나은 방법은 안 떠오르는데."

"그럼 제도로……."

루퍼의 동의를 얻은 도미니크가 결단을 내리려 한 순간, 새로운 보고가 들어왔다.

"크, 큰일입니다! 마물의 대군이 이쪽을 향해 몰려오고 있습니다!"

"뭐라고?! 마인은? 마인의 모습은 확인했나?!"

"아, 아뇨! 마인의 모습은 확인되지 않았습니다! 다만…… 수가 워낙 막대합니다!"

"구성은?!"

"대부분 소형에서 중형 마물입니다. 대형은 거의 보이지 않았습니다!"

"그렇다면 어떻게든 되겠군. ……전군에 전한다! 즉시 마물을 섬멸하라! 우리군은 마물이 전멸한 후에 제도로 진군한다! 서둘러!"

"예!"

이렇게 해서 왕국군도 마물 군단과 전투를 벌이게 되었다. 대부분 소형에서 중형 마물들뿐이었지만 수가 워낙 많은 탓에 전멸시키는데 상당한 시간이 필요했다.

피해는 거의 없었다. 경상을 입은 병사와 골절이나 열상 같은 중상을 입은 병사가 약간 발생한 정도였다. 하지만 제국군과 3일간 전투를 치른 후의 갑작스러운 습격이다 보니 왕국군의 피로는 크게 누적되었다.

그리고 마물이 전멸할 무렵에는 이미 해가 저물어 있었다.

"망할! 이래선 해가 뜰 때까지 진군하는 건 무리잖아!"

"그래. 이 대군으로 야간 행군은 어렵겠지. 그리고 제국군과 싸운 후에 대량의 마물을 상대했으니 병사들의 피로도 상당히 심각할 걸세."

"대체 뭐냐고! 이 상황은! 완전히…… 완전히 발목을 붙잡힌 꼬락서니잖아!"

이렇게 해서 마물들의 방해를 받은 왕국군은 아침 해가 뜨는 것을 기다릴 수밖에 없었다.

한편, 마물의 침략을 받은 제도는 삽시간에 유린당했다.

원래 도시를 지켜야 할 군대는 부재중. 게다가 적은 중형 이상의 마물들뿐. 그중에는 호랑이나 사자 같은 재해급 마물도 있었다. 여기에 마인까지 섞여 있으니 싸울 줄도 모르는 제도의 백성들은 저항할 방법이 없었다.

아비규환의 지옥도가 펼쳐졌다.

제도의 백성들은 마물들에게 살해당하고, 잡아먹히고, 마인의 마법으로 타죽었다.

제도에는 마물 헌터들이 남아있었지만 너무나도 적의 수가 많은 데다 마인까지 등장한 탓에 저항할 틈도 없이 살해당했다.

그리고 그런 지옥 한복판을 유유자적하게 걷는 인물이 있었다.

"어떻습니까. 밀리아 양. 마인이 된 감상은?"

"예, 슈투름 님. 지금까지 느껴 본 적 없을 정도로 힘이 넘치는군요. 게다가 지금이라면 어떤 마법이든 쓸 수 있을 것 같습니다."

이성을 유지한 마인 올리버 슈투름과 다친 그를 간호하던 밀리아였다. 놀랍게도 밀리아 역시 이성을 유지한 마인이 되어 있었다.

"후후, 그건 다행이군요. 그건 그렇고 같은 나라의 국민들이 살해당하고 있는데 당신은 아무렇지도 않은 얼굴이군요."

"이자들은 자신들이야말로 선택받은 인간이라고 지껄이면서 지방 출신의 제국민들을 경멸했던 자들이니까요. 실제로 저도 같은 평민에게 모욕을 당한 경험은 헤아릴 수조차 없습니다. 그런 자들이 죽는다 한들 양심의 가책은 눈곱만큼도 느껴지지 않습니다만."

"후후후, 아하하하! 그렇습니까. 훌륭하군요, 밀리아 양. 하긴 실제로 이놈들은 쓰레기였으니 말입니다."

"칭찬해주셔서 감사합니다."

"자, 그럼 출병한 군대가 돌아오기까지 2, 3일은 걸리겠군요. 그때쯤이면 제도는 완전히 제 수중에 들어와 있겠지요. 그 사이에 제스트 일행도 돌아올 테니 제국군을 요격할 준비라도 하고 있을까요?"

"예, 슈투름 님."

"자, 그럼 왕국군이 얼마나 병력을 줄여 놓았을지 기대해봅시다."

두 사람은 그렇게 황성을 향해 걸어갔다.

등 뒤에서 울려 펴지는 제국민들의 단말마를 들으면서…….

그리고 슈투름이 제도를 습격한 지 3일 후. 제국군은 마침내 제도에 당도했다.

거기서 그들이 목격한 것은…… 처참하게 파괴당한 제도와 대량의 마물이었다.

"네 이놈, 마물놈들! 한 마리도 남김없이 토벌해주마!"

그리고 헤럴드의 호령을 들은 제국군이 이번에도 돌격을 개시했다. 처음에는 순조롭게 마물을 토벌했지만, 마인이 등장하자 상황이 반전되었다.

마인의 마법으로 유린당하는 제국군.

그리고 그 마인들 중에는 제국군에 거짓 정보를 제공했던 제스트를 비롯한 척후 부대의 모습도 있었다.

"제스트으으으으으! 네놈 때문에! 네놈 때문에에에에!"

헤럴드는 제스트를 향해 미친 듯이 절규했다. 그러나 제스트 일행은 개의치 않고 착실히 제국군의 수를 줄여나갔다.

그리고…… 황제조차 누구에게 죽은 건지 알 수 없을 정도로 처참하게 유린당한 제국군은 글자 그대로 완전히 전멸했다.

마물의 방해를 받은 왕국군이 제도에 도착하자마자 목격한 것은…… 말 없는 시체가 된 제국 병사들의 모습이었다.

그 광경에 넋을 잃은 왕국군을 향해 누군가가 말을 걸었다.

『음? 거기 있는 건 제가 왕국에서 신세를 진 분들이군요.』

"윽! 이 목소리! 설마?! 올리버 슈투름인가!"

『후후후, 그렇습니다. 설마 제가 월포드 군에게 죽었다고 믿고 계셨던 건가요?』

그 말대로였던 도미니크 일행은 믿을 수 없는 심정에 사로잡혔다.

그 마법을 피할 방법이 있을 줄은 예상조차 못했다. 그 정도로 신의 마법은 어마어마했었다.

하지만 방금 들은 건 경비대 대기소에서 들었던 슈투름의 목소리가 틀림없었다.

도미니크 일행은 즉시 주위를 살폈지만 마법으로 목소리

를 크게 한 건지 모습은 보이지 않았다.

『이거 참, 고작 그 정도의 전력으로「우리」를 쓰러트릴 수 있을 줄 알았습니까? 다른 나라에도 협력을 요청해보는 게 어떻습니까.』

그 목소리를 들은 왕국군이 본 건 도저히 믿을 수 없는 광경이었다.

제국군의 시체를 헤치고 등장한『집단』.

그 전원의 눈이…… 붉게 물들어 있었다.

"말도 안 돼……. 목격된 마인이란 건 슈투름을 말하는 게 아니었던 건가!"

"요 몇 달 만에 세 명이었던 게…… 웃음조차 안 나오는 군. 대체 몇 십 명이나 있는 거지……?"

또 새로운 마인이 등장했다고 생각했던 루퍼는 단숨에 몇 십 명으로 불어난 마인들을 보고 절망감에 사로잡혔다.

『아, 맞아. 제국군의 수를 줄여줘서 고맙군요. 덕분에 편하게 전멸시킬 수 있었습니다.』

자신들도 슈투름에게 이용당했다는 것을 깨달은 도미니크는 미칠 듯 화가 났다.

그 감정을 간신히 억누르고『마인 집단』이라는 지금까지 들도 보도 못한 거짓말 같은 적의 출현에, 자신들의 힘만으로는 대처할 수 없다는 판단을 내리고 슈투름의 말대로 일단 왕국군을 왕국으로 철수시켰다.

그리고 귀환한 도미니크들의 보고를 들은 왕국 상층부도 경악했다.

토벌당한 줄 알았던 이성을 유지한 마인이 살아 있었다. 게다가 비슷한 마인들까지 대량으로 출현해서 제도를 점령한 것이다.

이 내용은 아무리 숨기려고 해도 반드시 퍼질 거라고 판단한 왕국 상층부는 그 사실을 공표했다.

『왕도에서 소란을 일으켰던 이성을 유지한 마인 올리버 슈투름의 생존이 확인됐으며, 그가 만들어낸 대량의 마인이 블루스피어 제국의 제도를 점령했다』라고…….

제3장 파란이 넘치는 합동 훈련입니다

예상대로 슈투름은 살아 있었다.

열광선이 폭발했던 건 역시 슈투름의 수작이었다.

그리고 마인을 대량으로 만들어내서 왕국이 아닌 제국을 점령했다.

그 목적까지는 추측하지 못했지만 어렴풋이 살아있을 거라고 예상했던 나는 딱히 놀라지 않았다.

그건 그렇고 대량의 마인이라……

아마도 카트는 이들을 위한 실험체였으리라.

왕도에서의 실험이 끝났다는 말을 듣자마자 대량의 마인이 발생했으니 틀림없을 것이다.

그리고 슈투름의 생존 소식을 오그에게 들으면서 알게 된 거지만, 사실 마인 소동이 벌어지기 전부터 국내의 마물이 증가했었다고 한다.

현재 왕국 상층부는 그것도 슈투름이 벌인 실험의 결과라고 여기는 모양이었다.

아마도 슈투름이 말한 실험이라는 건…… 생물을 강제로 마물로 바꾸는 것이었겠지.

전에는 약 1년간 아무도 눈치채지 못할 정도로 교묘하게 마물의 수를 늘려왔지만 최근에는 눈에 보일 정도로 급증했다고 한다.

상층부의 견해로는 제국에서 증가한 마물이 흘러들어온 게 아니냐고 했다.

그 제국…… 아니, 이젠 구 제국이라고 해야겠지. 거기선 아무런 성명도 없었다.

움직임이 전혀 없으니 섣불리 자극하지 않으면 별 문제 없지 않겠느냐고 낙관하는 사람도 적지 않다고 한다.

하지만 슈투름은 인간을 무가치한 존재라고 단언했다. 언제 어떤 행동을 보일지 예상도 할 수 없었다.

인간을 벌레처럼 학살할지도 몰랐다.

전부 추측뿐이다 보니 대응책을 마련하기가 곤란한 것이 왕국의 현 상황이었다.

그래서 일단 다른 나라와 연계해 구 제국을 감시하자는 안건을 진행 중이라고 한다.

우리로선 이 사이에 최대한 전력을 상승시키는 것밖에 할 수 없다 보니 연구회에서의 마법 연습은 한층 더 열기를 더했다.

"좋아. 그럼 현재 얼마나 마력을 제어할 수 있는지 확인해 볼게. 한계까지 마력을 모아봐."

내가 그렇게 말하자 전원이 마력을 모으기 시작했다.

지금까지는 모을 수 있는 마력의 양이 적었지만 전쟁이 벌어지기 전부터 시작한 마력 제어 연습 덕분에 다들 착실히 마력양이 늘어났다.

이 세계의 마력양이란 『제어할 수 있는 마력의 양』이다. 인간에게는 마력을 담아두는 기관이 없으므로 강력한 마법을 쓰려면 주위에 있는 마력을 끌어모아서 제어할 필요가 있었다.

그 제어할 수 있는 마력이 바로 마력양이다.

"응, 괜찮네. 그럼 그대로 마력 장벽을 전개해 봐."

다들 내 말을 따라서 마력 장벽을 전개했다. 응, 예전보다 두꺼워졌다. 이 정도면 충분하려나?

"좋아. 다들 장벽을 풀어도 돼. 괜찮은걸. 이거라면 충분히 이미지한 대로 마법을 쓸 수 있을 것 같아."

"그럼 이제 게이트를 가르쳐주는 거야?"

"그건 좀 나중에. 게이트에만 얽매이면 공격 마법이나 방어 마법이 어중간해질 테니까."

"그걸로 됐어. 어차피 전부 익힐 테니까."

린은 여전히 마법과 관련된 일에는 적극적이었다.

"그럼 일단 공격 마법 연습부터 시작할까?"

"그건 상관없다만…… 연습 장소는 어떻게 하지? 예약을 하지 않았는데."

"좋은 곳이 있어. 내가 연습할 때 쓰던 곳인데, 거기라면 아무리 마법을 써도 상관없으니까 마음껏 연습할 수 있을 거야."

"흐응, 신이 연습하던 곳이라……. 확실히 신이 마음껏 마법을 쓸 수 있을 거라고 말할 정도라면……."

"예. 신 님의 그 마법을 견딜 수 있는 곳이라면……."

"무슨 일을 저질러도 문제없겠지!"

……응? 평가 내용이 좀 이상하지 않나?

"……일단 가자. 거기서 실전 형식으로 설명할게."

난 그렇게 말하고 그리운 황야에 게이트를 연결했다.

"여기가 신 군이 연습하던 곳인가요……."

"저기, 뭔가…… 이상하게 울퉁불퉁하지 않아?"

"확실히. 울퉁불퉁."

"……구덩이라든가, 뭔가 녹은 흔적이 있습니다만……."

"다른 세계에 흘러들어온 것 같은 기분이구려."

일행은 황야를 이곳저곳 살펴보고 다녔다. 여기라면 굳이 연습장을 예약하지 않아도 공격 마법을 연습할 수 있으리라. 내 생각이지만 나이스 아이디어였다.

"자, 그럼 공격 마법을 연습하기 전에 너희는 마법을 쓸 때 어떤 이미지를 하는지 가르쳐줄래?"

"어떤 이미지라니…… 보통은 마법을 지도해주는 선생님이 마법을 쓰는 걸 보고 이미지하는데……."

"그러고 보니 현자 님께선 월포드 군의 이미지가 특수하다고 말씀하셨었어."

"확실히 그러셨지. 신은 『결과』가 아니라 『과정』을 이미지 한다고."

"맞아. 결과만 이미지하면 결국 그것밖에 못 쓰잖아? 그러니까 너희는 『과정』부터 이미지할 수 있게 됐으면 해. 그렇게 하면 쓸 수 있는 마법의 폭이 넓어질 거야."

"그렇게 말씀하셔도 전 어떻게 해야 좋을지 짐작도 안 갑니다만……."

"그래서 연습하기 전에 먼저 가르쳐주려고."

난 그렇게 말하고 이공간에서 책상과 양초와 비커를 꺼냈다.

먼저 화속성 마법부터 시작하자.

"일단 이 양초에 불을 붙일게."

불씨 마법으로 불을 붙였다.

"뭐, 당연히 불이 붙어서 타오르겠지?"

다들 고개를 끄덕였다.

"그럼 이걸 끄려면 어떻게 해야 좋을까?"

"예? 바람을 불면 꺼지는 거 아닌가요?"

"뭐, 그래도 꺼지긴 하겠지. 하지만 이 비커로 이렇게 덮으면……."

"……아! 꺼졌어!"

"왜 꺼진 것 같아?"

"왜라니…… 그런 걸 우리가 어떻게 알아!"

"불이 타려면 연료가 필요하다는 건 알고 있지?"

"뭐, 그야 그렇겠지."

"그 연료라는 건 이 양초로 예를 들면 이 몸통 부분이야. 하지만 사실은 그것뿐만이 아니지."

"저기…… 무슨 말을 하는지 모르겠어. 그게 무슨 뜻이야~?"

"예를 들면 용광로를 가열할 때 석탄과 목탄에 불을 붙이고 난 후에는 뭘 할까?"

"아! 풀무로 공기를 불어넣습다!"

"맞아. 바로 그 공기 안에 불이 타는 걸 보조해주는 물질이 포함되어 있어."

"흐응. 하지만 입으로 숨을 불어도 꺼지는 건 마찬가지잖아?"

"그건 양초나 불씨 같은 작은 불만. 화재 현장이나 모닥불 같은 건 바람이나 숨을 불어넣어도 안 꺼지잖아?"

"그건 그래."

"뭐, 그 점이 신경 쓰인다면 나중에 또 설명하겠지만 지금은 이쪽을 우선하자. 이 공기 안에 불을 태울 때 필요한 기체가 섞여 있어. 그리고 그 기체가 연소하면 불연성 기체가 발생해. 이 비커 안에서 양초를 태우면 불에 타는 기체를 소모하는 대신 서서히 불연성 기체가 늘어나니까 그 결과가……."

나는 다시 한 번 양초에 불을 붙이고 비커로 덮었다.

"……그렇군. 불연성 기체가 늘어나면……."

"……또 꺼졌어요."

"이게 간단한 연소의 구조야. 그럼 다시 마법으로 돌아가서 일단 불을 피울게."

나는 손끝에 불을 피웠다. 다들 그 불을 응시했다.

"여기에 아까 언급한 불에 타는 기체를 공급하도록 이미 지하면……."

"……불이…… 푸르스름하게 변했어요……."

"그리고 이 불을 날리면……."

근처의 지면에 발사했다.

콰앙!

지면이 녹아내렸다.

"이런 마법을 쓸 수 있게 돼. 그리고 내가 시험을 볼 때 쓴 건 이 불에 회전을 더해서 고속으로 사출한 거야."

나는 그렇게 말하면서 불꽃 탄환을 날렸다.

콰아악!

불꽃은 지면에 대량의 토사를 흩뿌리면서 꺼졌다.

"앞으로 이런 걸 가르쳐줄까 하는데, 어때?"

다들 진지한 얼굴로 불꽃 탄환이 명중한 곳을 쳐다보고 있었다.

"굉장해. 역시 월포드 군에게 연구회를 열어달라고 하길 잘했어."

"굉장하긴 한데…… 너무 굉장해서 배우는 게 좀 무서운

걸……."

"신 군. 치유 마법에도 이런 원리를 적용할 수 있나요? 분명 이 교복에 굉장한 치유 마법을 부여하셨는데, 애초에 그 마법을 쓸 줄 모르면 부여할 수 없는 거였죠?"

"물론 있어. 하지만 그것도 나중에 가르쳐줄게. 오늘은 이 화속성 마법을 연습하는 날이니까."

이런 식으로 연습 전에 내가 강의를 하는 형식이 완성되었다. 이걸로 다들 강해질 수 있도록 열심히 가르쳐줘야지.

그러자 앨리스가 이런 말을 꺼냈다.

"저기, 신 군. 일부러 여기서 강의할 필요 없이 연구실에서 칠판에 써서 가르쳐준 후에 여기서 연습하는 편이 더 알기 쉬울 것 같은데."

……하긴, 그건 그렇지.

다음 날부터는 먼저 연구실 칠판에 설명한 후에 연습을 하기로 했다.

칠판에 적어주는 편이 더 알기 쉬운지 연구회 멤버들의 수속성, 풍속성, 토속성 마법도 순조롭게 숙달됐다.

그렇게 연구회 활동으로 모두의 수준이 꽤 오른 어느 날 종례 시간—

"자, 그럼 이번에는 왕국에서 내려온 전달 사항이 있다. 『마인 올리버 슈투름의 목적을 알 수 없으므로 구체적인 대책은 세울 수 없으나 전력을 증강해둘 필요가 있다. 군인들은 물론이고 만에 하나의 상황을 대비해서 학생들의 전력을 상승시켜 유사시에 대비하라.』뭐, 까놓고 말하자면 너희 학생들도 만에 하나의 상황을 대비해서 싸울 수 있게 해두라는 소리지."

다들 알프레드 선생님의 말에 당황했다. 태연한 건 오그 일행뿐이었다. 사전에 들어서 알고 있었나 보다.

그건 그렇고 학생들에게까지 싸울 준비를 해두라는 말이 나오다니…….

"왕국에서 이런 전달 사항이 내려온 건 이례 중의 이례다. 과거의 전시 중에도 이런 적은 없었다만……."

그만큼 지금 상황이 심각하다는 뜻인가.

"그래서 이 틈에 기사와 마법사 간의 연계를 배워두기 위해 기사 양성 사관학원과 합동연습을 하게 됐다."

"흐응, 합동연습이라……."

그건 좋은 일 아닌가?

난 그렇게 생각했지만 다들 미묘한 얼굴이었다. 어째서?

"뭐, 너희가 그런 표정을 짓는 것도 이해는 간다만, 기사나 검사와의 연계는 장래에 반드시 필요해. 틀림없이 좋은 경험이 될 거다."

알프레드 선생님의 그 말을 끝으로 이날 수업이 종료되었다.

"다들 왜 그래? 하나같이 이상한 얼굴을 하고."

"그렇군. 신은 모르는 건가."

"뭐가?"

"있잖아, 신. 마법학원은 마법을 주로 배우니까 몸을 많이 단련하진 않잖아?"

"그건 그렇지."

"그런데 반대로 기사학원은 몸을 단련하는 게 중심이고 마법을 쓰지 못해."

"완전히 정반대네."

"그래서 있잖아……. 그게…… 기사학원 학생들은 마법학원 학생들을 『콩나물』이라고 부르면서 바보 취급하고…… 마법학원 학생들은 기사학원 학생들을 『근육 뇌』라고 부르면서 바보 취급하고 있어……."

"……요컨대 사이가 별로 안 좋다?"

"그 말대로야."

……뭐야 그게?

"잠깐…… 이 비상사태에 그게 대체 무슨 소리야?"

"비상사태인 건 알지만……."

"그 녀석들에게 『콩나물』 소리를 듣는 건 못 참겠어."

"맞아~. 확실히 울컥하는 게 좀 있지~."

아니, 그보다 이 세계에도 콩나물이 존재했구나……. 본 적은 없지만.

"……전 딱히 상관없는데요."

"난 얼마 전까진 그쪽에 있었으니까."

"소인도 문제없소이다."

하긴 율리우스는 그렇겠지. 토니도 기사 가문 출신이라 악감정은 없는 듯했다.

"아니, 그보다 왜 그렇게 사이가 나쁜 건데?"

"그치만! 전력만 놓고 보면 마법이 검보다 훨씬 더 강하잖아?!"

"그런데도 그 녀석들은 마치 자기들이 더 강한 것처럼 거들먹거리니까 말입니다."

"어느 쪽이든 장단점이 있지 않아?"

"하지만 영웅은 모두 마법사였어. 현자님도, 도사님도, 월포드 군도."

"그건 뭐, 우연이겠지."

"그러고 보니 신은 검도 쓸 줄 알았지? 혹시 기사에게 직접 배운 거야?"

마리아가 추측성 발언을 했다. 정답이지만…….

"그건 그런데, 왜?"

"마법사면서 기사를 옹호하는 사람은 거의 없으니까."

아, 그래서 지크 형과 크리스 누나의 사이가 나빴던 건가.

……아니, 그건 아니겠지. 그 두 사람은 뭐랄까, 근본적인 성격이 맞지 않는 듯한 기분이 들었다.

"난 미셸 아저씨한테 이런저런 수련을 받았으니까 말이

지……. 덕분에 몇 번이나 지옥을 구경했지만……."

미셸 아저씨의 지옥 훈련을 떠올리고 먼 곳을 바라보다가 갑자기 다들 날 쳐다보는 걸 눈치챘다.

"왜 그래?"

"아니…… 미셸 아저씨라는 건, 그 미셸 콜링 님?"

"맞아."

"뭐? 전 기사단 총장님?"

"그렇다고 하던데."

"옳거니. 이제야 그 검술 실력에 납득이 가는구려."

"현자님께 마법을 배우고, 도사님께 마도구 제작을 배우고, 검성님께는 검술을 배운 건가……. 정말 부러운 환경이었네."

"검성님?"

"신 군은 몰랐나요? 미셸 콜링 님이라고 하면 검으로는 견줄 자가 없어서『검성』이라고까지 불리시는 분인걸요."

"……나한테는 그냥 도깨비 교관일 뿐인데……."

검성이라니…… 그런 호칭을 받을 정도였어? 하긴 그러니 수련이 힘들 만도 하지.

"하지만 검성님께 검술을 배웠다면 신 군이 기사학원 애들한테 이상한 소리를 들을 걱정은 없겠네!"

"그건 또 모르지. 마법사 주제에 감히 검성님께 검술을 배웠다면서 질투할지도."

뭐야 그게? 일이 귀찮아지는 건 싫은데…….

"뭐, 어찌 됐건 합동훈련은 필요해. 제대로 된 목적이 있으니까 무슨 소리를 들어도 신경 쓰지 않으면 되잖아?"

"그건 무리!"

"하아……."

……왠지 성가신 일이 벌어질 것 같은 예감이 들었다.

그리고 며칠 후, 기사학원과의 합동훈련 날이 찾아왔다.

일단 마법학원과 기사학원에서 네 명씩, 총 여덟 명이서 파티를 짜고 훈련을 받을 것.

우리는 국내에 증가한 마물 토벌을 겸해서 실전 형식의 훈련을 받게 되었다.

왕도의 문 앞에 집합한 우리는 기사학원 학생들과 처음으로 만났다.

아무래도 매일 몸을 단련하는 만큼 다들 마법학원 학생들보다 체격이 좋았다.

이번 파티 배정은 입시 순위로 정해졌다. 기사학원도 같은 방식이다. 여기에는 두 학교 학생들의 실력 차이가 그다지 크지 않다는 점과, 그중에서도 우수 학생을 더 철저히 가르쳐서 정예로 육성하겠다는 의도가 숨겨져 있었다.

우리와 같은 파티를 짜게 된 기사학원 학생들과는 첫 대면이라 일단 자기소개부터 하기로 했다.

"기사 양성 사관학원 1학년 수석인 크라이스 로이드다."

"차석인 미란다 월레스야."

"노인 커티스."

"켄트 맥그리거다."

뭐랄까, 기사학원 학생들은 불쾌한 태도로 인사했다.

크라이스는 금발 벽안에 이목구비가 또렷한 미남. 팔이나 다리가 엄청 굵다 보니 그야말로 왕도의 기사라는 느낌을 받았다.

미란다는 검은 머리를 포니테일로 묶은 여학생이었는데, 뭐랄까…… 전체적으로 딱딱해 보였다. 팔에도 힘줄이 불거져 있었고…….

노인은 갈색 머리와 갈색 눈을 한 앞의 두 사람보다 약간 체격이 늘씬한 남학생으로, 눈이 워낙 가늘다 보니 마치 이쪽을 노려보는 것처럼 보이기도 했다. 체격으로 예상하건대 아무래도 기교파일 것 같았다.

켄트는 금발을 짧게 친 마초 고릴라. 소지한 검도 거대했다.

"고등 마법학원의 1학년 수석인 신 월포드라고 합니다."

"차석인 아우구스트 폰 알스하이드다."

"난 마리아 폰 메시나야."

"전…… 시실리 폰 클로드라고 해요. 잘 부탁드립니다."

이쪽은 마리아가 약간 언짢은 기색을 보였지만 다른 아이들은 평범하게 인사했다. 오그는 애초에 이런 문제와는 인연이 없을 것 같고 시실리가 누군가를 깔보는 모습은 지금까지 단 한 번도 본 적이 없었다.

"저 녀석이 영웅의 손자인가⋯⋯."

"어차피 마법사잖아?"

"그런데 전하도 함께 계신다니⋯⋯."

"응, 왠지 좀 껄끄러운걸."

크라이스 일행은 작은 목소리로 의견을 교환했다. 아무래도 우리를 업신여기고 싶지만 오그의 존재 때문에 함부로 대하기가 곤란한 듯했다.

바보 아냐?

"저기, 훈련 시작 전에 잠깐 질문해도 될까?"

"⋯⋯뭘?"

대표로 미란다라는 이름의 여학생이 대답했다.

몸만 그런 게 아니라 성격도 거친 것 같았다.

"너희는 마물과 싸워본 적 있어?"

"뭐? 잠깐, 네가 마인을 쓰러트렸다고 자랑하려는 거야?"

"엥? 왜 이걸 물어보는 게 자랑인데. 그게 아니라, 이제부터 우리는 마물을 토벌하러 가는 거잖아. 기사니 마법사니 하면서 시시한 일로 다투다간⋯⋯."

"다투다간, 뭐!"

"죽을지도 몰라."

약간 겁을 줘 봤다. 이걸로 태도가 협력적이 됐으면 좋겠건만……

"시, 시끄러워! 원래는 기사학원생들의 힘만으로도 마물 토벌 정돈 할 수 있어! 그런데도 마법사랍시고 갑자기 끼어든 주제에! 너희는 우리를 방해하지만 않으면 돼!"

"미란다가 말한 대로야. 아무쪼록 우리의 발목을 잡지 말아줬으면 좋겠군."

미란다뿐만 아니라 수석이라는 크라이스까지 나에게 반발했다. 이 녀석들, 역시 이 훈련을 받는 목적을 이해하지 못한 건가?

"너희들은 고작 그 정도의 인식으로 이 훈련에 참가한 건가?"

"아, 아닙니다! 저희는 딱히 전하가 방해된다고 말씀드리고 싶은 게 아니라……."

오그가 개입하자 미란다가 황급히 정정했다.

"난 그런 의도로 물어본 게 아니다. 이건 실전에 투입됐을 때 기존 부대와 자연스럽게 연계를 취할 수 있도록 고안된 훈련이다. 기사학원과 마법학원의 마물 토벌 수를 비교하려는 게 아니라."

"그, 그건……."

"머리로는 알고 있어도 납득은 할 수 없다 이건가. 그럼 어쩔 수 없지, 신."

"왜?"

"넌 이 훈련에서 마물을 토벌하지 마라. 실제로 그다지 의미도 없을 테고. 너에게 필요한 건 연계 연습뿐이잖아?"

"알았어. 처음부터 될 수 있으면 개입하지 않을 셈이었으니까. 그런데 왜?"

"기사학원생들은 자신들의 힘만으로 마물을 토벌할 수 있다고 하는군. 그럼 그렇게 하라고 내버려 둬."

"예? 전하, 그게 무슨……."

"한 번 마법사의 엄호 없이 마물을 토벌해 봐라. 그러면 이 훈련의 목적을 알 수 있을 테니."

"전하께서 그렇게 말씀하신다면……."

오그의 제안으로 처음에는 기사학원생들끼리만 마물을 토벌해보기로 했다.

이렇게까지 말했는데도 아직 납득하지 못한 건가?

솔직히 좀 불안한데…….

그렇게 불편한 분위기 속에서 합동 훈련이 시작되었다.

수석인 우리는 숲 안쪽까지 가서 마물을 토벌하기로 되어 있다. 순위가 낮을수록 점점 숲 바깥쪽과 가까워지고 최하위는 평원의 마물을 담당할 예정이었다.

그리고 기사와 마법사 양쪽의 교관으로서 기사단과 마법사단에서 단원이 파견되었는데…….

"오랜만이다, 신."

"오늘은 잘 부탁드립니다, 신."

그 교관이라는 게 하필이면 지크 형과 크리스 누나였다.

"형이랑 누나가 지도교관이라니……. 부탁이니까 싸우지는 마."

""이 녀석이 시비만 걸지 않는다면(요).""

""…….""

""아앙?""

"그러니까! 그런 걸 하지 말라고!"

하아…… 이 훈련, 정말로 괜찮을까?

내가 앞길을 걱정하는 한편, 일행은 반짝거리는 눈으로 이쪽을 쳐다보고 있었다.

"저, 저기요! 전, 신의 동급생인 마리아라고 합니다! 지크 프리트 님, 저, 저랑 아……악수를 해주시면 안 될까요?"

"아! 치사해, 너! 저기, 저도 괜찮을까요?"

지크 형은 여자애들 사이에서 인기 만발이었다.

마법사인 마리아는 이해하겠는데 기사인 미란다까지 뺨을 붉히고 악수를 요청했다. 도저히 조금 전까지 우리에게 시비를 걸어대던 드센 여학생과 동일인물로 보이지 않았다.

……기사와 마법사는 사이가 나쁘다고 하지 않았던가?

"나는…… 아니, 저는 크라이스 로이드라고 합니다. 오늘은 크리스티나 님을 만나 뵙게 돼서 진심으로 감격했습니다. 그리고 저기…… 악수를 좀……."

"전 노인이라고 합니다! 오늘은 아무쪼록 제 용감한 모습을 지켜봐 주세요!"

"켄트라고 합니다. 제 모습도 지켜봐 주시길!"

크리스 누나는 남자애들 사이에서 인기 만발이었다.

"뭐야 이거?"

"흐흥~ 어때? 신. 내 인기가."

"어떤가요? 신. 저도 제법이지 않습니까?"

내가 기막혀하자 지크 형과 크리스 누나가 의기양양하게 자랑했다.

"지크 형은 경박남인 걸 알고 있었으니까 위화감이 없는데, 크리스 누나는 좀 의외였어."

"의외라는 건 또 뭔가요. 실례잖아요."

"잠깐…… 경박남이라니."

"경박남 맞잖아?"

"……풋!"

"아앙? 너, 지금 웃었냐?"

"신은 보는 눈이 있네요."

"인기 있는 게 의외인 철가면 주제에."

"아앙?"

"엉?"

"하아…… 이제 그냥 맘대로들 하슈."

갑자기 싸우기 시작한 두 사람의 모습에 피로감을 느끼고 있자니 시선이 느껴졌다.

마리아와 기사학원의 남학생들이 이쪽을 노려보고 있었다.

"지크프리트 님이랑 친하면 한 번쯤 소개해줄 것이지……."

"크리스티나 님과 저렇게 친하게 굴다니!"

""요, 용서 못 해!""

왜 마리아까지 저쪽에 붙은 걸까?

그런 식으로 자기소개와 자기 어필이 끝나자 나는 지크 형과 크리스 누나에게 앞으로 어떤 식으로 훈련을 할지 전했다.

"뭐? 처음에는 기사학원생들끼리만 마물을 토벌하겠다고?"

"그래. 기사학원생들의 희망이었다. 설명만으론 이 훈련의 목적을 이해할 수 없는 모양이더군."

오그가 두 사람에게 지금까지의 경위를 설명하자 지크 형과 크리스 누나는 어처구니가 없는 표정을 지었다.

"하아…… 전장을 모르는 학생들의 하찮은 자존심인가."

"당신들은 대체 무슨 생각을 하는 겁니까!"

"저, 저희는 기사학원의 톱입니다! 마법사의 지원이 없어도 얼마든지 마물을 토벌하는 모습을 보여드리겠습니다!"

두 교관의 질책을 들은 기사학원생들은 막다른 곳에 몰린 생쥐처럼 오기를 부렸다.

"그런 식으로는 훈련이 안 된다고 했잖아!"

"지크, 이제 됐습니다. 전하께서 말씀하신 대로 말로 해봤자 소용없다면 실제로 경험하게 해보는 편이 낫겠군요."

"하지만!"

"이번 훈련은 새로운 시도입니다. 그리고 군에 들어온 지 얼마 안 된 기사와 마법사들이 서로를 기피하는 건 흔히 있는 일이잖아요?"

"하긴, 그건 그런데……."

"그날이 조금 앞당겨진 것뿐입니다. 오히려 이것도 이번 훈련의 목적 중 하나겠지요."

"……학생일 때 미리 경험하게 해두면 군에 들어온 후에 성가신 일이 줄어들 거다, 이거군."

"그런 겁니다. 그리고 이번 훈련에는 신이 있습니다. 만에 하나의 상황을 걱정할 필요도 없겠지요."

"그건 그래."

오오, 지크 형이 크리스 누나의 말에 동의했어!

내 이야기로…….

왠지 조금 석연치 않았지만 일단 먼저 기사학원생들끼리만 마물을 토벌해보는 것으로 결정이 났다.

"마법학원생들은 반응이 얌전하네."

"아직 완전히 납득하지 못한 녀석이 한 명 있는 것 같지만 말이지."

오그는 그렇게 말하더니 마리아에게 시선을 돌렸다.

"왜, 왜요?"

"아니. 메시나는 이 훈련의 목적을 제대로 이해하고 있나 싶어서."

"저도 알아요. 그런 광경을 눈앞에서 두 번이나 봤으니……. 기사와 검사의 지원 없이 저 혼자만의 힘으론 아무것도 할 수 없다는 것쯤은…… 그리 내키지는 않지만요."

마리아는 오그의 질문에 약간 석연치 않은 얼굴로 대답했다.

"아, 그렇군. 저기, 마리아라고 했던가? 넌 신이 마인과 싸우는 걸 본 거지?"

"아, 예! 맞아요!"

지크 형이 이름을 불러주자 마리아는 새빨개진 얼굴로 대답했다.

아, 미란다가 부러워하고 있다.

"그럼 석연치는 않아도 납득은 했다는 거네. 신의 전투를 봤으니까."

"예. 그런 건 마법과 검을 양쪽 다 쓸 수 있는 신이 아니면 불가능한 일일 테니까요."

"흥! 어차피 별것도 아니면서!"

"고작 마법사 주제에 무슨."

미란다와 크라이스가 내가 검도 쓸 줄 안다는 말에 반발했다.

……아니, 그러니까 왜 그렇게 일일이 반발하는 거냐고.

"큭큭큭. 뭐, 이런 반응을 보이는 게 보통이겠지."

"그들도 곧 알 수 있을 겁니다. 자, 그럼 여기 있어 봤자 어쩔 수 없으니 슬슬 이동합시다."

크리스 누나의 호령을 듣고 우리는 훈련 예정지까지 움직였다.

출발하는 데 이렇게나 시간을 잡아먹다니…… 어째 앞길이 불안했다.

그리고 숲에 도착한 우리는 깊숙한 곳으로 진입했다.

깊이 들어갈수록 사람의 손을 타지 않은 강력한 마물이 남아있기 마련이다. 따라서 오늘 우리의 표적은 중형이나 대형 마물이었다.

나는 색적 마법을 쓰면서 걷고 있었고 다른 사람들은 숲에 들어온 후부터 말수가 줄어들었다.

"왜 그래? 갑자기 입을 다물고."

"그야 그럴 만도 하지. 처음으로 마물과 싸우는데 긴장하지 않는 쪽이 이상하잖아?"

"신도 마물이랑 처음 싸울 땐 긴장했었지?"

긴장? 글쎄?

"……어쨌더라?"

"아, 난…… 마린 님께 그 이야기를 들은 적 있어."

"저도요."

"예? 무슨 이야기인데요?"

마리아가 지크 형과 크리스 누나의 말을 물고 늘어졌다.

"……듣지 않는 편이 좋을걸?"

"틀림없이 자신감을 상실할 테니까요."

"그렇게까지 말씀하시니까 더 신경 쓰이는데요!"

"저희도 궁금하네요. 들려주시면 안 될까요?"

두 사람이 듣지 않는 편이 좋다고 말하는데도 미란다까지 부탁했다.

마리아는 단순히 흥미가 동한 듯했지만 미란다에게서는 나에게 지고 싶지 않다는 분위기가 느껴졌다.

……기사 맞지? 그런데 왜 마법학원의 학생인 나에게 대항심을 갖는 걸까?

"……신이 얼마 전까지 여기보다 깊은 숲속에서 살았다는 건 알고 있어?"

"예. 그 집에 가본 적도 있어요."

"저희도 소문으로는……."

응? 미란다까지 알고 있다니, 대체 소문이 어디까지 퍼진 거야?

"그런 숲속에서 살면 사냥 스킬은 필수야. 신이 제법 큰 사냥감도 잡을 수 있게 된 어느 날, 현자님께서는 슬슬 신에게 마물을 토벌하는 법을 가르쳐주려고 하셨다더군. 그래서 색적 마법을 가르쳐주자마자 신은 마물을 찾아냈다고 해."

"그래서 신은 어떻게 했나요?"

"마물을 발견한 신은 아무 망설임도 없이 마물을 향해 달려갔다더군."

"망설이지도 않고요?!"

그때는 한시라도 빨리 가야 한다는 생각밖에 없었다.

"신 군의 그 이야기 전에는 그런 일이 있었던 거군요."

"그 이야기라는 게 대체 뭐야? 우린 난생처음 듣는 이야기인데."

"마물에게 달려간 신이 본 건…… 신, 어떤 마물이었지?"

"키가 3미터쯤 되는 붉은 곰이었어."

"그건!"

"설마…… 레드 그리즐리……."

미란다와 크라이스가 경악했다. 그게 그렇게까지 놀랄 정도로 강한 마물인가……?

"멀린 님께도 똑같은 이야기를 들었으니 틀림없어. 예상치 못한 사태라 멀린 님도 당황하셨다더군. 첫 토벌 대상으로는 너무 위험하다면서. 그런데 이 녀석은……."

지크 형은 거기까지 말하고 나에게 시선을 돌렸다. 그리고 크리스 누나가 이어서 말을 꺼냈다.

"신은 또 아무런 망설임도 없이 레드 그리즐리에게 뛰어들더니 양팔과 목을 잘라버려서 숨통을 끊어놨다고 하더군요."

"자, 잘라버려요?!"

크리스 누나는 담담하게 이야기했지만 지크 형은 약간 먼 곳을 보는 눈을 했다. 그리고 미란다는 믿을 수 없다는 듯이 큰 소리로 외쳤다.

"그건…… 마법이 아니라 검으로 토벌했다는 거지……?"

"마법학원의 수석이면서 검술도 수준급이라는 거야?"

크라이스와 노인에게는 내가 검으로 마물을 토벌했다는 사실이 더 충격이었나 보다.

"게다가……."

"또…… 뭐가 더 있는 건가요?"

크리스 누나가 이어서 말하려고 하자 미란다가 약간 질린 표정으로 물어보았다.

"그 당시의 신은 고작 열 살이었다더군요."

"열?!"

오그와 시실리와 마리아는 전에 들은 적이 있어서 딱히 놀라지 않았지만 기사학원생들은 경악했다.

역시 열 살에 곰을 해치운 건 좀 지나쳤나?

"그랬으니 마물 토벌로 긴장한 적은 한 번도 없었을걸?"

"하긴 그렇겠네요……."

그런 대화를 나누는 도중에 색적 마법에 마물의 반응이 걸렸다. 게다가 이쪽을 향해 곧장 다가오고 있었다.

"지크 형."

"응, 나도 알아. 좋아! 기사학원생 제군! 너희가 나설 차례다!"

지크 형이 그렇게 외치자 다들 긴장했다.

이번에는 미란다 일행에게만 맡겨두자. 물론 그들이 위험한 상황에 빠질지도 모르니 나도 따로 준비했다.

"이제 곧 그 수풀 너머에서 마물이 나타날 거다. 전투태세를 취하도록."

지크 형이 그렇게 말하자 기사학원생들은 검을 뽑고 자세를 잡았다. 그리고ㅡ.

"구오오오오오오오오오오오오오오오!"

크기가 2미터 정도쯤 되는 멧돼지가 나타났다.

마물이 되지 않았으면 꽤 맛있었을 텐데 아깝다. 마물이 되면 마력이 변질돼서 기껏 사냥해봤자 먹지 못하는 점이 곤란했다.

"신, 너…… 뭔가 이상한 생각을 하는 건 아니겠지?"

어떻게 알았지?! 요즘 오그의 감이 날카로워서 무섭다.

그리고 기사학원생들은 공포에 몸을 떨면서 기합을 넣었다.

"쫄지 마! 우리, 기사학원 수석의 실력을 보여주는 거야! 가자!"

""오!""

기사학원생들은 미란다의 호령에 맞춰서 이쪽을 향해 돌진하는 멧돼지를 향해 돌격했다.

……수석은 크라이스 혼자 아니었나…….

그들은 스쳐 지나가면서 일격을 넣으려고 했지만 멧돼지 쪽이 더 빨랐다.

"꾸오오오오오오오오오!"

"으아아앗?!"

다들 완전히 피하지 못하고 하늘을 날았다. 마치 차에 치인 것처럼 날아갔지만 그나마 정면충돌이 아닌 것이 다행이리라.

그리고 미란다 일행을 날려버린 멧돼지는 방향을 전환해서 자신에게 검을 겨누는 자들을 다시 시야에 담았다.

그들은 아직 제대로 일어서지도 못하고 있었다.

다시 돌진하는 멧돼지를 절망한 표정으로 쳐다보고 있었다.

이 정도면 깨달았을까?

나는 돌진하는 멧돼지 앞에 서서 바이브레이션 소드를 꺼내 들었다. 그리고 돌진을 피하는 동시에 목을 노리고 아래에서 위로 바이브레이션 소드를 휘둘렀다.

목이 날아간 멧돼지의 몸통은 돌진하던 기세를 죽이지 못하고 바닥을 구르더니 그대로 미란다 일행의 눈앞에서 정지했다.

"히익!"

"이……일격에……!"

아, 저 녀석들. 움직이질 못하니까 눈앞에 갑자기 마물의 시체가 날아온 걸 보고 엄청 겁을 먹었다.

"어느 틈에……."

"역시 굉장하네요."

"그, 그보다 어서 저분들을 치료해야겠어요!"

"잠깐만요, 시실리 양. 통증이 남아있는 사이에 제가 설교하겠습니다."

크리스 누나는 그렇게 말하고 미란다 일행에게 다가갔다.

"꼴사납군요. 이 멧돼지는 중형이라도 약한 축에 속하는 마물입니다. 그렇게 호언장담을 늘어놓은 주제에 이 꼬락서니는 대체 뭡니까."

미란다 일행은 상처의 통증과 자신감 상실 때문에 비통한 표정을 짓고 있었다.

"이제 아셨습니까? 당신들은 기사학원 필두라는 위치가 참 자랑스러운 모양입니다만, 어차피 전장을 모르는 학생에 불과합니다. 어디 한 번 군에 들어와서 보시지요. 당신들이 가장 약할 테니까요. 작년에 들어온 신병조차 당신들보단 나을 겁니다."

미란다 일행은 더더욱 풀이 죽었다.

"그런 당신들이라도 이 정도의 마물이라면 마술사의 지원을 받아 토벌하는 게 가능합니다. 당신들은 약해요. 그 사실을 가슴에 깊이 새기고 남은 훈련에 참가하길 바랍니다."

"……예."

이제 미란다 일행은 언제 울어도 이상하지 않은 상태였

다. 크리스 누나, 조금 지나친 거 아닌가?

그런 그들의 곁으로 시실리가 달려갔다.

"저, 저기요. 지금부터 회복 마법을 걸 테니까 가만히 있어 주세요."

그렇게 말하면서 회복 마법을 썼다.

"……고마워."

"……우리는 너희를 깔보고 있었는데……."

미란다는 시실리에게 복잡한 얼굴로 고맙다는 말을 전했고 크라이스는 뜻밖이라는 듯 얼떨떨한 목소리로 말을 걸었다.

"그런 건 신경 쓰지 마세요. 지금 우리는 같은 파티니까 이 정도쯤은 당연하죠."

"너……."

시실리는 회복 마법을 걸면서 방긋 웃었다.

……뭐랄까, 시실리를 쳐다보는 사내놈들의 눈빛이 왠지 이상했다. 그리고 왠지 엄청 속이 뒤집혀졌다.

그리고 치료를 다 받고 일어난 크라이스는 먼저 나에게 고개를 돌렸다.

"……덕분에 살았어. 월포드…… 고맙다."

"……됐어. 신경 쓰지 마. 시실리도 말했지만 우린 같은 파티 멤버니까."

"후, 그랬었지. 그건 그렇고 이런 걸 일격에 쓰러트리다니…… 너를 질투했던 나 자신이 부끄러워지는군."

"다, 다음에는 제대로 연계를 취할 테니까……."

"그래. 그렇게 하자."

질투라니. 역시 그거였나. 햇병아리 기사들에게는 이번에도 마법사가 마인을 토벌한 것이 불만이었던 모양이다.

그리고 크라이스는 이어서 시실리를 쳐다보았다.

"너는…… 마치 성녀님 같군."

"날 이렇게 친절하게 대해준 여자애는…… 처음이야."

"우리 주위에 있는 여자라곤……."

"뭐야! 무슨 말이 하고 싶은 건데!"

미란다는 크라이스 일행을 노려보았다.

"아니…… 딱히……."

그들은 엄청난 기세로 시선을 피하고 다시 시실리에게 말을 걸었다.

"난 눈이 뜨였어. 앞으로는 널 지키기 위해서 싸울게."

"그 누구도 너에게 상처 하나 입히지 못하게 하겠어!"

"그러고 보니 이름이……."

"시실리 폰 클로드라고 하는데요……."

"시실리. 내가 널 지켜줄게!"

"무슨 소리야! 지켜주는 건 나라고!"

"아니야, 나야!"

"자, 잠깐만! 너희들 지금 무슨…… 나한테는 한 번도 그렇게 말해준 적 없으면서……."

……저 녀석들, 친절한 여자에게 면역이 없었던 건가. 시실리가 친절하게 대해주자 한껏 들떠서 자신이야말로 그녀를 지켜주기에 합당하다면서 서로 다퉈대기 시작했다.

그리고 미란다가 불쌍했다…….

……저 녀석들이 우리와 연계를 취할 마음이 든 건 좋지만, 어째서일까.

왠지 속이 계속 답답했다.

기사학원생들은 그런 내 속도 모르고 훨씬 부드러워진 태도로 말을 걸어왔다.

"그건 그렇고 월포드는 검술도 굉장하군."

"그것도 현자님께 배운 거야?"

"아니, 아무래도 할아버지는 무리니까 검술은 미셸 아저씨한테 배웠어."

"설마! 검성님?!"

"뭐? 그게 사실이냐! 월포드!"

"혀, 현자님께 마법을 배우고 검성님께는 검술을 배우다니…… 치사하잖아!"

미란다는…… 아직도 나를 라이벌로 여기는 것 같지만 걸으면서 잡담을 나누는 정도까지 태도가 나아졌다. 그건 잘된 일이었지만―.

"아, 전방에 마물 반응. 다들, 준비해."

"좋아. 시실리. 내 뒤에 서 있어."

"무슨 소리야! 시실리는 내가 지켜줄 거라고!"

"시실리에게는 손가락 하나 못 댈 줄 알아!"

"저, 저기요! 전 괜찮거든요?!"

……마물이 나타날 때마다 시실리, 시실리, 시실리…….

저 자식들은 어느새 당연한 듯이 시실리를 이름으로 불렀다.

현재 연계 전투 훈련은 순조롭게 진행되고 있었다. 마법에 맞은 마물의 움직임이 멈추면 검으로 마무리.

훈련 결과로서는 충분했다. 하지만…….

"시실리, 괜찮아?"

"다친 데는 없어? 시실리."

"내가 지켜주고 있는데 다칠 리가 없잖아! 안 그래? 시실리."

"아, 예에……."

그들은 무슨 일이 있을 때마다 시실리를 챙기려고 들었다. 그리고 시실리 본인도 어떻게 대응해야 좋을지 몰라 당황하고 있었다.

전투뿐만 아니라 수풀을 가로지를 때도―.

"시실리, 조심해."

쓰러진 나무를 넘을 때도―.

"자, 시실리. 내 손 잡아."

조금 걷자―.

"시실리, 피곤하진 않아?"

"저기요. 전 정말 괜찮으니까요."

말끝마다 시실리, 시실리. 이 자식들, 너무 친한 척하는 거 아니야?!

"신."

"왜."

크라이스 일행이 시실리에게 치근덕대는 걸 보고 있자 마리아가 말을 걸었다.

"너무 그렇게 화내지 마."

"난 딱히 화가 난 건……."

"났으면서. 그렇게 화가 날 정도라면 그냥 확 이렇게 말해 버려.『시실리는 내 여자니까 손대지 마!』라고."

"그! 그게 무슨 소리야!"

"아무런 관계가 없으면 화낼 필요도 없잖아."

"……."

"뭐, 저런 타입의 남자들은 자기에게 친절하게 대해준 여자에게 쉽게 반하니까. 마법학원의 여학생이라면…… 여기에도 있는데 말이지……."

마, 마리아의 몸에서 시커먼 기운이…….

"후후…… 난 줄곧 같이 있었는데 말이지……."

미란다까지 검은 기운을 뿜어대기 시작했다!

"우리와 시실리의 차이가 대체 뭐길래…… 가슴? 가슴이 부족한 거야? 남자는 가슴밖에 안 보는 거냐구!"

"근육이 문제야? 우락부락한 여자는 여자도 아니라는 건가? 지켜주고 싶어지는 귀여운 여자가 그렇게 좋은 거냐!"

검은 기운을 내뿜는 두 사람은 서로를 마주 보더니…… 굳게 악수했다.

의, 의기투합한 건가?

"꼬, 꼭 그런 건 아니니까…… 지, 진정해……."

"너도 가슴에 반한 거지?!"

"결국 남자는 이놈이고 저놈이고 다 똑같아!"

마리아뿐만 아니라 미란다까지 날 추궁했다.

"아니, 굳이 따지자면 얼굴……이 아니라! 내가 대체 무슨 소릴!"

위험했다! 하마터면 유도신문에 걸려들 뻔했다!

"이봐~ 얘들아~. 또 마물이 왔다고~. 장난 그만 치고 준비해."

아무래도 화를 내느라 마물의 반응을 놓친 모양이었다.

아니, 나는 딱히 화가 난 건…… 아! 젠장! 역시 열 받아!

나는 마음을 다잡고 다시 탐색 마법을 걸었다.

확실히 오른쪽에 마물의 반응이 느껴졌다. 하지만 이건―.

"지크 형. 숫자가 조금 많지 않아?"

"응. 이건…… 좀 위험하려나?"

"그렇게 많나요?"

"시실리, 우리 뒤에 서 있어."

"저기 말이죠. 저도 싸우지 않으면 훈련이……."

"됐으니까. 여자는 잠자코 우리의 보호를 받기나 해."

"아뇨, 저기, 그러니까 훈련을……."

이 자식들은 이런 상황에서도! 자기들이 무슨 공주님을 지키는 기사라도 된 줄 아는 거야?!

아, 그러고 보니 기사 후보생이었지. 젠장. 내가 왜 이런 쓸데없는 생각을…… 어?

"잠깐만. 마물 앞에 다른 반응이 있어."

"응? 아, 정말이군. 이건 혹시 마물에게 쫓기고 있는 건가?"

오그도 탐색 마법으로 확인한 모양이었다. 그리고 아마 그 추측이 맞으리라.

잠시 후, 다른 파티가 나무 사이에서 뛰쳐나왔다.

"아앗! 지크 선배! 크리스 언니! 도망치세요!"

"크리스 님! 지크 씨! 큰일입니다! 대량의 마물이 이쪽을 향해 몰려오고 있습니다!"

지도교관들이 지크 형과 크리스 누나에게 상황을 보고했다. 학생들은 숨이 차서 말도 제대로 못 하는 상태였다.

"규모는 얼마나 되지?"

"적어도 백은 될 겁니다!"

"백……?!"

"그렇게나?!"

상당한 수의 마물이 무리를 지은 모양이었다.

"지크 형."

"응? 왜? 신."

"그거, 내가 해치워도 돼?"

"······그렇군. 부탁해도 될까?"

"그, 그럴 수가. 지크프리트 님! 신 군 혼자서 백 마리의 마물과 싸우라는 건가요?!"

"신에게 맡겨두면 괜찮아. 시실리."

"솔직히 신은 저희와 차원이 다를 정도로 강하니까요. ······애초에 이런 훈련에 참가할 필요도 없지 않았을까요?"

"자! 거기 주저앉아 있는 너희들도! 신에게 방해가 되니까 뒤로 물러나!"

지크 형과 크리스 누나는 전원을 후방으로 『피난』시켰다.

그러자 슬슬 숲 안쪽에서 마물들이 모습을 드러내기 시작했다.

조금 속이 뒤집혔던 참인데 어디 한 번 화풀이나 해볼까?

주로 보이는 건 멧돼지와 늑대였고 곰도 드문드문 섞여 있었다.

"이, 이렇게나 많이······ 신 군!"

마물이 거의 지척까지 다가왔지만 이쪽도 마법을 완성했다. 미안하지만 전부 날아가랏!

그리고 난 완성한 수소와 질소를 고농도로 압축한 폭발 마법을 발사했다.

아, 이런. 화가 난 탓인지 약간 제어가 어설펐다.

내가 황급히 장벽을 『이중』으로 펼치는 것과 동시에 폭발 마법이 엄청난 굉음을 흩뿌리면서 작렬했다.

위, 위험했다. 하마터면 내가 쓴 마법으로 자폭할 뻔했다.

폭발의 영향으로 발생한 먼지가 개이자 눈앞의 마물이 모조리 사라진 것이 보였다.

경치도 훤하게 트였다.

난 일단 탐색 마법을 써서 살아남은 마물이 없는지 확인했다.

응, 전멸했네.

"신 군!"

그러자 시실리가 저번처럼 나에게 달려와 몸을 여기저기 만져댔다.

"이제 됐지? 다친 곳은 전혀 없어."

"정말로요? 이렇게 굉장한 마법을 쓰면서 스스로 폭풍까지 막아내신 건가요?"

"그쪽까지 폭풍은 안 갔잖아?"

"저희는 엄청 멀리 떨어져 있었는걸요! 하지만 신 군은 눈앞에서…… 이런……."

시실리는 내 뒤로 시선을 돌리면서 말했다.

"이런 **주변 일대**를 통째로 날려버리는 엄청난 마법을 쓰셨는데!"

역시 조금 심했나. 눈에 보이는 나무란 나무들은 죄다 쓸려나간 데다 내가 장벽을 전개한 곳의 앞부분만 부자연스럽게 나무가 남아 있었다. 완벽한 삼림파괴였다.

그리고 시실리의 뒤쪽에서 『피난』을 갔던 사람들이 입을 떡 벌린 채 넋을 잃은 모습도 눈에 들어왔다.

"진짜 다친 곳은 없으신 거죠?"

"아~ 응. 괜찮아. 걱정 끼쳐서 미안."

"정말이지! 신 군은 너무 무모해요! 걱정하는 제 입장도 한 번 돼보시라구요!"

"……진심으로 미안…….."

시실리에게 혼이 나면서 사람들이 있는 곳으로 가까이 다가가자 그제야 다들 제정신을 차리고 입을 열기 시작했다.

"뭐……뭡니까아아아아아아! 저거어어어어언!"

조금 전까지 마물 무리에 쫓기던 지크 형의 후배인 마법사단의 누님이 절규했다.

"이것이…… 신 월포드…….."

묘하게 나에게 공격적이던 미란다는 망연자실한 얼굴로 그렇게 중얼거렸다.

이걸로 조금은 날 인정해줬을까?

"어? 이게 뭐야? 조금 전이랑 풍경이 완전히 다른데?"

"……어째서 이런 녀석이 훈련 따위에 참가한 거지?"

미란다뿐만 아니라 내 마법을 처음 본 사람들도 저마다

뭐라고 중얼거렸다.

"이건…… 전에 봤을 때보다 굉장해진 거 같지 않아?"

"그때도 상당히 힘을 억제했던 거겠죠."

"변함없이 황당무계하다고 해야 할지……."

"뭐, 신이니까."

전에 본 적이 있는 사람들의 의견도 혹독했다.

"그, 그보다 이게 대체 어떻게 된 상황이야?"

"아, 맞아. 대체 무슨 일이 있었던 거지?"

지크 형이 다른 파티를 담당한 교관에게 질문했다.

"예? 아아! 저희는 더 얕은 곳에 있었습니다. 그런데 색적 마법의 탐지 범위 밖에서 갑자기 대량의 마물이 흘러들어오는 바람에……."

"눈으로 확인할 수 있는 거리까지 눈 깜짝할 사이에 접근했더라구요."

탐지 범위 밖에서 갑자기…… 그렇다는 건…….

"지크 형, 이건 안쪽에 뭔가가 있는 거야."

"그래, 틀림없겠지. 게다가 곰 같은 대형 마물까지 섞여 있었어. 이건 불길한 예감밖에……?!"

지크 형이 갑자기 말을 끊었다. 내 탐지 마법에도 반응이 느껴졌다.

"거……거짓말…… 거짓말이지?!"

"뭐야 저게!"

다른 파티의 마법학원생들이 비명을 질렀다.

"뭐야! 대체 무슨 일이 벌어진 거야!"

"잠깐! 너희만 납득하지 말고 우리한테도 설명해줘!"

탐색 마법을 쓰지 못하는 크라이스와 미란다를 비롯한 기사학원생들은 그저 우왕좌왕할 수밖에 없었다.

"지크, 혹시……."

"그래. 최악의 사태야."

"큭! 그럼 어서 철수를!"

"이미 늦었어!"

지크 형이 외치는 것과 그것이 모습을 드러낸 것은 거의 동시였다.

내가 날려버린 숲의 끝자락에서 모습을 드러낸 마물.

거기에 있는 건…… 신장이 5미터쯤 되는 마물 호랑이였다.

"마물…… 호랑이……."

"어째서? 저런…… 여긴 학생들밖에 없는데! 왜 저런 게 튀어나오는 거냐고!"

"시, 싫어! 싫어! 싫단 말야! 난 아직 죽고 싶지 않아!"

알프레드 선생님의 트라우마가 된 마물 사자와 쌍벽을 이루는, 이 세계 최악에 가까운 존재. 마물이 된 호랑이.

군이 상당한 피해를 각오하고 전력을 투입해야만 토벌할 수 있는 마물. 간신히 토벌에 성공해도 훗날 트라우마에 시달리는 군인이 다수 발생하는 것을 감안해야 하는 위협.

압도적인 파워와 강인한 턱을 가진 사자.

압도적인 스피드와 날카로운 발톱을 가진 호랑이.

그 위험도와 거대한 몸집 때문에 재해급이라고 불리는 마물이었다.

재해급이라 불리는 마물은 그 밖에도 존재했지만, 이 둘은 그중에서도 1, 2위를 다투는 강력한 존재였다.

신출내기 헌터나 학생들에게는 그야말로 절망을 현실에 구현화한 존재……라는 모양이다.

실제로 다들 절망에 빠진 표정을 짓고 있었다.

"시실리! 이리로 와!"

크라이스가 시실리의 팔을 잡고 난폭하게 끌고 가려 했다.

"이거 놓으세요!"

"시실리! 그게 무슨 소리야? 어서 도망쳐!"

"도망치고 싶으면 당신들끼리 가세요. 전…… 여기 남겠어요."

"뭐?! 그게 무슨 소리야?!"

"신 군이, 만에 하나라도 다쳤을 때를 대비해서 전 남을 거예요."

"말도 안 돼! 상대는 재해급이라고! 월포드라도 무리야!"

"신 군을 모르는 사람은 조용히 하세요!"

시실리가 드물게 큰 소리를 냈다.

그 목소리를 듣고 겨우 정신을 차린 건지 오그가 마침 뭔가를 떠올린 것처럼 중얼거렸다.

"후, 그랬지. 신에게는 별것도 아닌 상대였나."

"전에 마인과 싸우고 난 후에 『마물 호랑이보다는 강하지만 마인치고는 너무 약해서 이상하다』고 말했었죠……."

"그리고 보니 나도 보고를 통해 들었어. 그 감상."

"……과거에 마물 호랑이를 토벌할 때 생긴 트라우마 때문에 잠시 냉정함을 잃고 있었군요……."

크리스 누나와 지크 형도 각각 그런 말을 꺼냈다. 크리스 누나도 마물 호랑이에 트라우마가 있었구나. 아니, 그보다 슬슬 뒤로 가줬으면 좋겠는데.

"그런 고로 너희들은 다시 한 번 『피난』이다!"

"자, 어서 갑시다. 지금도 신이 마력으로 호랑이의 발을 붙들어놓고 있으니까요."

"크리스티나 님! 월포드가 싸운다면 저도!"

"안 됩니다. 저와 지크조차 방해가 될 뿐이에요. 당신은 저보다 강한가요? 그것도 압도적으로 말입니다."

"아, 아뇨……. 그건……."

"그럼 물러납시다."

시실리에게 멋진 모습을 보이고 싶은 건지 크라이스가 남겠다고 주장했지만 곧 크리스 누나에게 설득당해서 뒤로 물러났다.

"신 군."

"응?"

"무모한 짓은 하지 마세요."

"응. 냉큼 해치우고 올 테니까 잠시만 기다려."

"예. 기다리고 있을게요."

그 말을 끝으로 시실리도 모두와 함께 뒤로 물러났다.

자, 그럼 파워의 사자와 정반대인 스피드의 호랑이. 그렇다면 대처법은…….

나는 호랑이를 위압하던 마력을 해제하고 내 몸에 신체 강화 마법을 걸었다. 근력뿐만 아니라 뼈까지 강화했다.

그러자 마침내 마력에 의한 속박에서 해방된 호랑이가 자신을 붙잡아두고 있던 나에게 분노의 포효를 내질렀다.

"커허어어어어어어어어어어엉!"

그리고 나를 노리고 돌진했지만—.

"야옹야옹 시끄럽다고!"

나는 강화된 몸을 가속해서 호랑이의 턱밑에 있는 힘껏 무릎 차기를 먹였다.

"크아아아아아아아아아아아!"

밑에서 턱을 강타당한 호랑이는 뒤로 한 바퀴 회전하더니 그대로 사뿐히 바닥에 착지했다.

어라? 충격을 흘려버렸나? 혹시 대미지가 거의 없는 거야?

아, 아니구나. 호랑이의 다리가 부들부들 떨리는 것이 보였다. 체중을 실은 운동에너지를 그대로 카운터로 돌려줬으니 그야 당연하겠지.

마물 호랑이와 싸울 때는 신체를 강화해서 물리 공격으로 대응하는 편이 좋다. 워낙 재빠르다 보니 마법은 가끔 피할 때가 있으니까. 사자와 싸울 때는 반대지만…….

　자, 그럼 냉큼 마무리를 짓자. 내가 바이브레이션 소드를 꺼내면서 접근하자, 호랑이는 으르렁거리는 소리로 위협하며 내 뒤쪽에 있는 사람들을 쳐다보았다.

　나보다는 만만하다고 느꼈는지 날 우회해서 그들을 노리려고 했지만—.

　"그렇게 내버려 둘 것 같아!"

　호랑이의 시선에서 의도를 파악한 나는 즉시 추격한 뒤 등에 올라타고 바이브레이션 소드로 목을 쳐 버렸다.

　사람들이 있는 곳까지 절반 가까이 이동했나? 다른 사람들을 노리기는 했지만 그전에 해치웠으니 실제로 그들이 위험에 노출되는 일은 없었다.

　딱히 무모한 짓도 안 했으니 이 정도면 원만하게 해결한 거겠지?

　내심 만족스러워하면서 일행이 있는 곳으로 돌아가자 다들 또 기가 막힌 표정을 짓고 있었다. ……우째서?

　"신 군…… 좀 물어보고 싶은 게 있는데요."

　"응. 뭔데?"

　"마물 호랑이는 그런 방식으로 토벌해야 하는 건가요?"

　"응, 맞아. 호랑이는 잽싸니까 신체 강화 마법을 걸고 물리 공격으로 해치우는 게 더 효율적이거든."

"그런가요. ……무릎 차기도요?"

시실리가 그렇게 말하자 그제야 다들 한 마디씩 꺼내기 시작했다.

"무릎 차기라니……."

"그건 좀 아니잖아……."

"저 거대한 호랑이가 뒤로 한 바퀴 회전하다니……."

"뭐랄까, 이건……."

"엉망진창이네요."

어?! 무릎 차기는 안 되는 거였나요?!

조심스럽게 시실리에게 시선을 돌리자…… 그녀는 뺨을 크게 부풀리고 있었다.

"정말이지! 무모한 짓은 하지 말아 달라고 했잖아요!"

"앗! 미안! 그게 무모한 짓에 해당할 줄 몰랐어!"

"신 군이라면 괜찮을 거라고 믿었지만…… 마물 호랑이에게 달려들었을 때는…… 심장이 멈추는 줄 알았다구요……."

시실리는 눈물까지 글썽이고 있었다.

"또 걱정을 끼쳤나 보네……. 미안."

"……정말 무사하셔서 다행이에요……."

"응."

"아…… 그러고 보니."

"응?"

"신 군, 어서 와요. 고생 많으셨어요."

시실리는 그렇게 말하더니 나에게 방긋 웃어주었다.

"응, 다녀왔어."

"그리고 저희를 구해주셔서 고마워요."

"별말씀을."

난 과장스럽게 가슴에 손을 대고 고개를 숙였다.

그리고 얼굴을 마주 보며 나도 그녀에게 웃어주었다.

"저기, 마리아. 저 녀석들, 혹시 사귀는 사이야?"

지크 형은 마리아에게 말을 걸었다.

"아뇨……. 그게, 아직인데 말이죠……."

"진짜?!"

"진짜로요."

"믿을 수가 없네요."

"냉큼 사귀어 버릴 것이지."

거기, 시끄러워!

……뭐, 그래도 알프레드 선생님이나 크리스 누나처럼 트라우마가 생기지는 않은 것 같으니 다행인가?

"여러분, 이건 신이 이상한 거니까 참고해선 안 됩니다. 호랑이나 사자 같은 재해급 마물은 우리 군이 결사의 각오로 도전해야 간신히 해치울 수 있는 존재입니다. 이 광경을 보고 『마물 호랑이는 약하다』고 착각하시는 분이 없기를 바랍니다."

"“예!”"

뭐야. 왜 다른 파티의 지도교관들까지 같이 대답하는 건데?

"신 군의 토벌 방식은 너무 굉장해서 참고가 되지 않네요."

시실리에게까지 이런 말을 듣는 형편이었다.

"그렇구나……. 참고가 안 된 건가……."

"하지만 신 군이 훈련에 참가해준 것만으로도 안심이 돼요. 무슨 일이 생겨도 신 군이 있으니까요. 그러니까 다들 마음껏 훈련할 수 있을 거라고 생각해요."

"그건 지크 형이랑 크리스 누나가 해야 할 일 아닌가?"

"아, 후훗. 그건 그러네요."

시실리가 위로해줬다. 역시 착하다. 될 수 있으면 나에게만 이런 모습을 보여줬으면 좋겠지만…… 아무래도 무리겠지.

"좋아! 잠시 해프닝이 있었지만 예정된 시각까지는 아직 약간 남았어. 조금 더 훈련하다가 돌아가자."

다른 파티와 헤어진 후에 지크 형이 그렇게 선언했다. 재해급 마물이 출현했지만 다들 견학만 했으니 아직 더 싸울 수 있을 거라고 본 모양이었다.

"저, 저기…… 월포드…… 군……."

"응? 아, 왜? 월레스 양."

"미란다라고 불러도 돼. 저기, 그게…… 계속 실례되는 말을 해서 미안해."

"어?"

다시 훈련을 시작하려고 하자 무슨 영문인지 미란다가 나에게 사과했다.

"그게…… 월포드 군은 굉장히 혜택받은 환경에서 자랐으니까, 그게 부럽고 분해서…… 절대로 지고 싶지 않다는 생각이 들었거든……."

"아, 확실히 남들이 보기에는 부러운 환경일지도 모르겠네."

우리 반에서도 몇 번이나 부럽다는 말을 들었다.

"아까는 솔직히 죽는 줄 알았어. 그랬는데 월포드 군이 눈 깜짝할 사이에 해치우는 걸 보고…… 이제야 겨우 차원이 달랐다는 걸 깨달았어."

"그래? 노력하면 너도 조만간 해치울 수 있을걸?"

"그렇게 말할 수 있는 건 신 군뿐이에요."

어느새 다가온 시실리가 대화에 참가했다.

"그런가?"

"예."

"저기, 시실리…… 양."

"예?"

미란다가 대화에 끼어든 시실리에게도 말을 걸었다.

"저기…… 네 남자친구에게 시비를 걸어서 미안. 불쾌했지?"

"흐에?! 나나나남자친구요?!"

야! 아직 그런 관계는 아니라고! 슬프지만!

"그리고 우리 학교의 바보 자식들이 폐를 끼쳤어. 그것도 미안해."

"어, 어, 아, 아아, 괜찮아요. 별로 신경 쓰지 않으니까요."

"······고마워."

미란다는 그 말을 남기고 기사학원생들이 있는 쪽으로 돌아갔다.

확실히 내 스승은 현자와 도사와 검성이었으니 부러워하지 말라는 게 무리겠지.

하지만 너희는 모를 거다. ······미셸 아저씨의 지옥 같은 특훈을!

내가 가혹한 훈련의 나날을 떠올리고 먼 곳을 바라보고 있자, 기사학원의 남학생들이 이쪽으로 다가왔다. 미란다가 그쪽에 갔으니 그녀나 상대해줄 것이지.

"시, 시실리? 우리 옆에······."

"으, 응. 우리가 지켜줄 테니까.

그리고 또 시실리에게 말을 걸었다.

아까는 데리고 도망치려 한 주제에······.

"아뇨, 이젠 됐어요. 그리고······ 신 군의 옆보다 더 안전한 곳은 없을 테니까요."

우와! 아주 단호히 거절했다. 크라이스 일행은 눈에 보이게 풀이 죽었다.

시실리는 「그리고」라고 뒷말을 이었다.

"지켜주시려고 한 건 기쁘지만······ 그러면 피차 훈련이 안 되잖아요? 저희는 오늘 『훈련』을 하러 온 거예요. 이젠……
보호만 받는 건 싫은걸요…….”

저번 소동을 떠올린 걸까. 시실리는 그때도 나에게 폐를
끼쳤다면서 굉장히 미안해했다. 적어도 자신의 몸 정도는
자신의 힘으로 지키고 싶은 것이리라.

“좋아! 시실리는 강해지고 싶은 거지?”

“예! 제 한 몸쯤은 스스로 지킬 수 있게 되고 싶어요!”

“그런가. 그럼 마물 호랑이쯤은 간단히 토벌할 수 있도록
철저하게 단련해볼까!”

“예?! 아뇨! 저기, 그 정도까지는…….”

시실리가 내 곁을 선택해준 것이 기뻐서 신이 났다.

내가 당황하는 그녀를 보면서 쿡쿡 웃자 그제야 시실리는
자신이 놀림당했다는 것을 눈치챘다.

“앗! 저, 정말이지! 신 군!”

“아하하, 미안. 미안. 뭔가 비장한 각오가 느껴지길래 어
깨 힘 좀 빼라고 한 말이야. 그렇게 걱정하지 않아도 시실리
는 전보다 강해졌어.”

“정말로요?”

“응.”

“에헤헤. 그렇게 말해주시니 기쁘네요…….”

자신을 정신적으로 몰아넣어 봤자 좋을 건 하나도 없으니
까 말이지.

"저 녀석들…… 역시 사귀는 사이 아냐?"

"아뇨, 아직……일 걸요……."

"역시 믿을 수가 없네요."

지크 형이 물어보자 마리아가 대답했고 크리스 누나는 부정했다.

시끄럽네 진짜! 아직 안 사귀는 거 맞다고요!

"……현자님과 도사님의 손자인 데다 검성님께 검술을 배운 것에 그치지 않고 시실리까지……."

"부러워. ……너무 부럽잖아아아!"

"역시 월포드와는 친해질 수 없겠군……."

"너희들…… 꼴사나워……."

기사학원의 남학생들은 나에게 원념이 담긴 시선을 보냈다. 옆에서 그 광경을 지켜보는 미란다는 창피한 얼굴이었다.

그건 그렇고 시실리가 기사학원의 녀석들보다 내 쪽으로 가까이 오자 가슴이 답답했던 게 사라졌다.

응. 정신 건강상 이쪽이 더 낫군! 주변이 시끄럽긴 하지만.

이번에는 나뿐만 아니라 시실리, 마리아, 오그에게도 색적 마법을 쓰길 권했다. 내 역할은 세 사람의 보조다. 다들 색적에 집중하느라 주의가 산만해졌으니 말이다.

"오그, 발밑 조심해. 큰 돌멩이가 있어."

"응? 아, 그렇군."

"마리아, 길을 벗어났잖아."

"어? 앗! 어느새?!"

"꺄악!"

대열을 이탈할 뻔한 마리아에게 시선을 돌린 사이에 시실리의 발이 구덩이에 빠졌다.

"웃차."

나는 앞으로 넘어질 뻔한 시실리의 몸을 팔로 받았다.

"색적에 너무 집중했어. 주위도 잘 살펴야지."

"으으, 죄송해요……"

시실리는 내 품에 안겨서 분한 듯 중얼거렸다.

"네 이놈…… 네 이놈 윌포드으……!"

"부러워라부러워라부러워라……."

"저게 나였다면……."

"너희들…… 진짜 꼴사나워……."

크라이스 일행이 나에게 한층 더 강렬한 원념을 보냈다.

그리고 미란다도 창피해서 어쩔 줄 모르는 얼굴이었다.

잠시 그렇게 이동하자 색적 마법에 뭔가 반응이 잡혔다.

"아, 이건……."

"그래. 내 색적 마법에도 걸렸군."

"저도요. 하지만 이건…… 조금 전의 호랑이보단 작지만 지금까지 본 다른 마물보단 크네요."

"오, 다들 눈치챘나. 그럼 이게 무슨 마물일까요? 전하."

"흠…… 곰인가?"

"오! 정답입니다, 전하. 성장하셨군요."

"······시끄러."

지크 형이 칭찬하자 오그가 쑥스러워했다. 좀처럼 보기 드문 광경이었다.

"그럼 지금부터 마물 곰을 토벌하겠습니다. 먼저 지금까지처럼 마법을 쓴 후에 기사학원생들이 검으로 숨통을 끊어놓는 겁니다. 그 밖의 상황에는 임기응변으로 대응할 것. 특히 기사학원생들은 마물과 계속 가까이 붙어 있으면 마법으로 엄호할 수 없으니 늘 주위를 살피고 거리를 조절하면서 싸우세요."

"“예!”"

크리스 누나가 이번 토벌에 관한 주의사항을 전달했다.

곰이 있는 장소는 여기보다 조금 더 안쪽이라 다 같이 움직였다.

그리고 나무 사이에서 평범한 사슴을 잡아먹고 있는 곰을 발견했다.

"준비는 됐습니까? 그럼 마법부터······ 발사!"

크리스 누나의 호령에 맞춰서 세 사람이 일제히 마법을 발사했다.

효과가 중복되지 않도록 『불꽃 화살』과 『바람의 칼날』과 『암석 탄환』을 나눠서 썼다.

마법에 맞은 곰이 몸부림쳤다.

연구회의 성과일까? 다들 마법의 위력이 상승했다.

"기, 기사학원생! 돌격!"

"아, 예!"

한순간 세 사람의 마법에 놀랐던 크리스 누나가 다시 호령하자, 미란다 일행이 곰을 향해 돌진했다.

"당신들…… 그런 마법도 쓸 수 있었나요?"

"아니, 그게…… 지금까지의 상대로는 온 힘을 다해 마법을 썼다간 일격에 죽을 것 같아서요……."

"그러면 기사학원생들은 훈련이 안 되잖아?"

"신 군의 지시가 있었어요. 중형 마물까지는 전력을 다하지 말라구요……."

"마물 상대로 마법을 쓴 건 처음이었다만, 신의 지시를 따르길 잘했군."

"예. 이렇게까지 위력이 상승했을 줄은 상상도 못 했는걸요……."

그렇다. 사실 난 연구회 멤버의 훈련 진척 상황을 보고 이 정도면 중형까지는 일격에 쓰러트릴 수 있을 것 같아서 전력을 다하지 말라고 사전에 지시를 내려뒀다.

그렇게 하지 않으면 기사학원생들이 나설 곳이 없었으리라. 몇 번이나 언급했듯이 이건 훈련이니까 말이다.

그런 이야기를 나누는 사이에 미란다 일행은 마물 곰을 궁지에 몰아넣었다.

아직 일격으로 토벌할 수는 없지만 확실히 대미지가 누적됐다.

그리고 크라이스도 승리를 확신했는지 최후의 일격을 먹이기 위해 큰 동작으로 검을 들어 올렸다.

하지만 야생 동물은 다쳤을 때가 더 위험하다. 하물며 빈사 상태의 마물은 언급할 필요도 없으리라.

마물 곰은 크라이스의 검을 왼팔로 막아냈다.

검을 왼팔의 근육으로 빠지지 않게 막고 오른팔로 크라이스를 공격했다.

"위험해!"

크리스 누나가 그렇게 외쳤지만 도중에 이 상황을 예상하고 있었던 나는 미리 준비해둔 두 발의 바람의 탄환을 발사했다.

한 발은 마물 곰의 오른팔을 날려버렸고 다른 한 발은 크라이스의 검이 틀어박힌 왼팔에 명중했다.

왼팔에서 힘이 빠지자 검이 뽑혔고 이번에는 작은 동작으로 최후의 일격을 먹였다.

간신히 곰을 쓰러트린 크라이스 일행이 이쪽으로 돌아왔다.

"미안, 월포드 군. 구해줘서 고마워."

솔직해진 미란다에게 고맙다는 말을 들었다. 조금 전까지만 해도 나에게 계속 시비를 걸었던 게 거짓말 같았다.

"……워, 월포드……. 덕분에 살았군……."

"아, 응. 신경 쓰지 마."

우와…… 크라이스가 엄청 싫은 얼굴로 나에게 감사를 표했다.

시실리에게 거절당한 게 그렇게 분했나?

"크라이스! 넌 월포드 군이 마법을 써주지 않았으면 지금쯤 죽었을 거야! 그런데도…… 난 네가 창피해!"

우와, 미란다가 폭발했다.

하긴 그럴 만도 했다. 지금까지 크라이스 일행은 시실리만 신경 쓰다가 결국 호위를 거절당하자 풀이 죽질 않나, 더구나 목숨을 구해준 나에게 진심으로 고마워하지도 않았다.

미란다는 나에게 지금까지의 무례를 사과했기 때문인지 이런 미적지근한 태도를 보이는 크라이스에게 큰 환멸감을 느낀 모양이었다.

"진정하세요, 미란다."

"하지만! 크리스티나 님!"

"그들은 평소에 거의 남자밖에 없는 학교에 다니고 있으니 이해해주세요. 그리고 기사학원의 여학생은…… 절 포함해서 여자다운 구석이 거의 없지 않습니까?"

"그건 뭐……."

"제 옛 학우들도 저런 식이었습니다. 입만 열었다 하면 여자, 여자, 여자…… 여자라면 여기도 있는데도! 저는…… 저는 여자도 아니라 이겁니까?!"

"크, 크리스티나 님?"

크리스 누나의 마음속에 감춰둔 어둠이 스멀스멀 새어 나오기 시작했다…….

그랬군. 크리스 누나는 학생 때는 인기가 없었던 건가. 졸업한 후에 많이 노력했던 거구나…….

"사춘기의 남자라는 건 다들 저런 법입니다. 귀엽고 보호 욕구를 자극하는 여자 앞에서 허세를 부리고 싶어 하기 마련이지요. 신에게 좋은 장면을 다 뺏겨서 질투하는 것뿐입니다."

우와…… 크리스 누나가 엄청 신랄해……. 학창 시절에 기사 학원의 남학생들에게 어지간히 심한 취급을 받았나 보다.

크라이스 일행은 새빨개진 얼굴로 고개를 푹 숙이고 있었다. 이제 그만!

그러고 보니 지크 형은 조금 전부터 조용했다. 왜지?

그런 의문이 든 나는 지크 형에게 시선을 돌렸다.

"거짓말이지……? 이거 혹시 나보다 마법의 위력이 더 강한 거 아냐? 신인가? 신에게 가르침을 받아서? 나도 배울 수 있으려나? 아니, 하지만…… 지금까지 동생처럼 여겼던 녀석에게 가르침을 받는 건 자존심이…… 잠깐 기다려봐. 저 녀석은 멀린 님의 손자잖아? 간접적으로 멀린 님의 기술을 배운다고 생각하면…… 아니, 그래도!"

이쪽은 자존심과 싸우는 중이었다.

머지않아 제정신으로 돌아온 지크 형은 훈련 종료를 선언했다.

"좋아. 이걸로 일단 오늘 훈련은 종료다. 왕도로 돌아가자. 다들, 수고했어."

세 명의 마법을 보고 갈등에 빠졌던 지크 형이 오늘 일정의 종료를 고했다.

드디어 파란이 많았던 훈련 첫날이 끝났지만 분위기는 왠지 어두웠다.

기사학원 측에선 크라이스를 비롯한 남학생들이 풀이 죽어 있었고 미란다는 그런 세 사람을 기가 막힌 얼굴로 바라보고 있었다. 도저히 학생들의 힘만으로 대형 마물을 토벌한 후의 분위기라는 생각이 들지 않을 정도였다.

한편, 마법학원 소속의 세 사람은 예상보다 실력이 상승한 걸 내심 기뻐했지만 침울해진 기사학원생들의 영향을 받았는지 입을 굳게 다물고 있었다.

그 결과…… 분위기가 매우 미묘해졌다.

그 상태를 보다 못한 크리스 누나는 미란다 일행을 질타했다.

"당신들, 적당히 좀 하세요. 모처럼 학생끼리 대형 마물을 토벌했는데 다른 일로 풀이 죽어 있다니. 조금 전의 전투에서 고쳐야 할 점이나 반성해야 할 점이 산더미처럼 많지 않습니까. 그걸 다음 토벌 때 살리지 못하면 훈련을 한 의미가 없잖아요?"

크리스 누나는 자기 후배들이라서 그런지 미란다 일행에게는 엄격했다. 모교의 후배들이라고 편의를 봐주는 건 없는 거구나. 오히려 더 한심스러워하는 듯한 낌새가 보였다.

"……그러네요. 반성해야 할 점이 산더미처럼 많은데 말이죠."

미란다는 그렇게 대답했다.

"조금 전의 전투에서 마법의 선제공격이 굉장히 유효했지."

"맞아. 마물 곰도 큰 대미지를 받은 것 같고."

"마물은 신체 강화 마법을 쓴다고 들었는데 마법의 대미지 때문인지 그런 징조는 안 보였어."

"오히려 문제는 우리들 쪽인가……."

과연 육체 단련 계열 학교의 최고봉인 기사 양성 사관학원의 우수생들답다고 해야 할까? 즉시 조금 전의 전투에서 자신들이 반성해야 할 점을 찾아내기 시작했다.

"역시 마지막에 승리를 서두른 건 좋지 않았어."

"그렇습니다. 당신들은 기사학원의 우수생들이니 전투에 관한 건 문제없습니다. 하지만 승부가 판가름 나는 마지막 순간이라는 건 누구에게나 어려운 법이지요."

"예. 정말 뼈저리게 실감했습니다. 자칫하면 죽을 뻔했으니까요……."

이제 와서 겁이 난 건지 크라이스가 몸을 부르르 떨었다.

"난 크라이스가 죽을 줄 알았어."

"나도."

"저도요."

"그리고 한순간 눈을 감았지요? 그 심정은 이해합니다만, 어떤 상황에서도 마물에게서 눈을 떼선 안 됩니다."

""……예.""

"그건 그렇고 크라이스를 구해준 월포드 군의 마법은 굉장했지."

미란다는 솔직해진 후부터 틈만 나면 날 칭찬했다. 왜, 왠지 쑥스러워…….

"응. 마법이라는 건 그렇게까지 정확하게 노리고 쏠 수 있는 건가?"

크라이스의 의문을 들은 지크 형이 대화에 끼어들어서 대답했다.

"아니, 그 정도로 정확하게 저격할 수 있는 녀석은 거의 없어. 다른 마법사라면 좀 더 큰 부위를 노려서 쐈겠지. 나나 이번에 파견을 나온 녀석들이라면 어느 정도 비슷한 짓은 가능해도 신만큼 정확한 저격은 아무래도 좀……."

"예, 저도 그런 건 처음 봤습니다."

"신. 너, 어느 정도 거리까지 마법으로 저격할 수 있어?"

"흠…… 정확하게 노린다면 5백 미터 정도까지는 가능하려나?"

"5백?!"

"응. 시각 강화 마법을 써서. 그 이상의 거리를 정확하게 노리는 건 무리야."

예전 세계에서는 더 먼 거리까지 정밀 저격이 가능하다고 들은 적이 있으니 나 정도는 별것 아니라고 생각했지만…… 다들 또 기가 막힌 얼굴이었다.

"그렇다는 건 조금 전의 거리쯤은 아무것도 아니었다는 건가……."

"예, 전 바로 눈앞에서 봤습니다. 아래로 휘두른『손』을 정확히 날려버리는 광경을요……."

"손, 인가요……. 정말로 정확하게 노린 거였군요……."

"왼팔도 어깨를 쏴서 힘이 풀리는 걸 노렸고……."

"……좋아! 신은 규격 외라는 걸로 이야기를 진행하자!"

지크 형이 간단하게 정리했다.

내가 항의하려 하자 오그가 먼저 질문을 던졌다.

"우리에게 문제점은 없었나?"

"인사치레가 아니라, 여러분의 마법은 정말로 훌륭하더군요. 솔직히 위력이 너무 굉장해서 한순간 달리다가 멈춰 섰을 정도였으니까요."

"예, 너무 굉장해서…… 훈련이 되기는 한 걸까요?"

이건 아첨이 아니라 정직한 감상이리라.

"저도 잠시 지시가 늦어질 정도였습니다. 다시 여쭙겠습니다만, 그건 대체 뭐였죠? 요즘 마법학원은 다들 이렇게 수준이 높은 겁니까?"

"……솔직히 말해 현역 마법사단의 상위 실력자 수준…… 아니, 오히려 그 이상이 아닐까 싶을 정도였어. 신, 너 대체 무슨 짓을 한 거냐?"

"무슨 짓이라니…… 이 세 사람은 나랑 같은 연구회 소속이라서 할아버지에게 배운 대로 노하우를 가르쳐준 것뿐인데?"

응. 거짓말은 안 했다. 덤으로 내가 이미지하는 방식도 가르쳐준 것뿐이지만.

"그 연구회라는 곳엔 몇 명이나 있지?"

"1학년 S클래스 전원이랑 A클래스에서 두 명이니까 총 열두 명."

"그렇다는 건 우리를 포함해서 세 파티 정도인가……. 다른 두 파티에 속한 기사학원생들의 좌절한 모습이 눈앞에 그려지는군……."

"예……. 나중에 위로해줄 필요가 있겠네요."

"음, 뭐야. 왠지 우리를 신처럼 취급하는 것 같다만."

"그런 반응은 조금……."

"뜻밖이네요……."

나 같은 취급이라는 게 대체 뭔데! 그리고 왜 다들 약간 당혹스러워하는 거지? 하물며 시실리까지!

"아무튼 왕도의 문 앞까지 서두르자. 우리는 가장 깊숙한 곳으로 들어왔으니 돌아가는 시간도 가장 오래 걸릴 테니까."

지크 형은 우리의 항의를 완전히 무시했다.

……나 같다는 말이 왠지 욕처럼 정착된 것 같았다.

내가 예상치도 못한 현실에 충격을 받으면서 걷고 있자 지크 형이 말을 걸었다.

"야, 신."

"왜? 지크 형."

"네가 들어간 연구회가 어디야? 공격 마법 연구회?"

"아니, 다들 내가 새로 만드는 편이 좋다고 하길래 직접 만들었어."

"직접이라……. 그래서? 대체 뭘 하는 연구회인데?"

"글쎄……? 다 함께 마법의 궁극에 도전하자…… 같은 두루뭉술한 목표의 연구회야."

"진짜로 두루뭉술하구만!"

나도 동감이다.

"그래서 요즘은 내가 모두에게 할아버지한테 배운 연습 방법과 내가 마법을 쓸 때 어떤 식으로 이미지를 떠올리는지 가르쳐주고 있어."

"네 이미지……. 그래! 그거였군!"

"뭐가?"

"아니, 너희가 아무리 멀린 님께 배운 방법으로 연습했다고 해서 학생…… 그것도 1학년의 수준은 아니라는 생각이 들더라고. 네가 이미지하는 방식을 가르쳐준다는 건, 네 마법을 가르쳐준다는 것과 똑같은 뜻이잖아?"

"음~? 글쎄? 결국 쓰는 사람이 이미지하기 나름이니까 엄밀하게 따지면 완전히 똑같다고 볼 수는……."

"확실히 그럴지도 모르겠지만, 실제로 다른 세 사람의 실력은 이미 상당한 수준까지 발전했어."

"난 다른 마법사들의 실력은 잘 몰라서……."

"뭐, 애초에 넌 입학하기 전부터 멀린 님과 멜리다 님보다 마법을 잘 썼으니……. 게다가 학교에 입학한 것도 일반상식을 배우고 친구를 만들기 위해서였으니 다른 마법사들의 실력을 모르는 게 당연한가."

"아, 학생들의 수준은 대충 알아. 그래서 하다못해 연구회 멤버들만이라도 실력을 상승시켜주려고 해본 거야. 요즘은 여러모로 정국이 불안정하기도 하고."

마인 소동이 없었다면 이렇게까지 적극적으로 친구들의 전력을 상승시켜주려는 생각은 안 했을지도 모르겠다.

"저기…… 상담하고 싶은 게 좀 있는데……."

"뭔데?"

"그게…… 연구회에서 하는 연습에…… 나도 참가해도 될까?"

"응. 난 괜찮……."

"잠깐, 기다려 봐. 신."

괜찮다고 대답하려 하자 오그가 말렸다.

"왜?

"지크프리트. 넌 군 소속이지?"

"예, 뭐⋯⋯."

"멀린 님의 가르침은 옛날에는 그게 주류였던 모양이니 문제없다만, 신이 마법을 이미지하는 방식을 연구회 멤버가 아닌 외부 인사에게 가르치는 건⋯⋯ 최악의 경우에는 신을 군사적으로 이용했다고 볼 수도 있어."

"그, 그건⋯⋯."

"멀린 님은 요즘 마법사들의 수준 저하를 한탄하고 계셨고 멜리다 님께서도 우리가 신의 마법을 배우는 걸 딱히 나쁘게 보지는 않으셨다만, 군에 있는 인간이 배웠다간⋯⋯ 다른 나라에서 항의가 들어올지도 몰라."

"외, 외교 문제인가요?"

외교 문제가 된다고?! 내가 마법을 가르쳐주는 게?!

"지금도 아슬아슬해. 아직 어떻게든 얼버무릴 수 있는 건 『학교에서 새로 사귄 친구들의 안전을 위해』『자주적으로』 마법을 가르쳐주는 신의 뜻을 존중해서 멀린 님과 멜리다 님이 용인해주고 계셔서야."

"하긴⋯⋯."

"그걸 군에 있는 인간이 배워봐라. 그럼 우리나라도 가르쳐달라면서 여기저기서 시끄럽게 항의가 오겠지."

"⋯⋯."

"지금은 이런 상황이니까 그것도 나쁘지 않을지 모르겠다만……."

지크 형이 마른침을 삼켰다.

"과연 멀린 님과 멜리다 님께서 허락하실까? 손자를 군사적으로 이용하는 것을."

"그건……."

"솔직히 말해 신의 마법은 위험해. 난 이 사실을 공표할 생각은 없고, 다른 멤버들에게도 절대로 주위에 가르쳐줘선 안 된다고 주의해뒀어. 이 지식은 널리 퍼져선 안 돼. 만약 퍼졌다간……."

"퍼졌다간……?"

"마인이 아니라 인간의 손에 세계가 멸망할지도 몰라."

"그 정도였어?!"

"하아…… 역시 자각이 없었군……."

어? 어라? 그럼 내가 지금까지 했던 일은…….

"내가 했던 일이…… 문제 행동이었어?"

"음…… 꼭 그렇다고 볼 수는 없다만……."

"그게 무슨 뜻이야?"

오그는 진지한 얼굴로 현재 상황을 설명했다.

"사실, 지금은 미증유의 사태야. 마인의 대량 출몰이라는."

"응."

"슈투름이 앞으로 어떤 행동으로 나설지는 예상도 할 수 없다만, 놈들이 공격에 나섰을 때 신의 마법은 몹시 유용하겠지. 문제는…… 그 소동이 끝난 후다."

"새로 얻은 힘을 다른 나라에 쓰려고 할지도 모른다는 건가……."

"그래서 난 퍼뜨려선 안 된다고 말한 거다. 다행히도 연구회의 멤버들뿐이라면 숫자가 한정되어 있으니 어떻게든 제어할 수 있어. 빈과 스톤에게도 일러뒀다. 연구회에서 배운 지식을 A클래스에 알려줘선 안 된다고."

벌써 거기까지…….

"정보 은닉이라느니 독점이라는 비난을 들어도 상관없어. 난 신의 마법을 퍼뜨릴 생각도, 남용할 생각도 없으니까. 신, 전에 네가 이렇게 말했지? 결국 마법이란 건 쓰는 사람의 양심에 달린 거라고."

"으, 응. 말했지."

"여기까지야. 여기서 더 퍼졌다간 예상치 못한 사태가 일어날지도 몰라. 난 전력을 다해서 제어할 거다. 그러니까 신, 더는 네 마법 지식을 퍼뜨리지 마."

"으, 응……. 그렇게 할게……."

생각보다 심각한 사태였던 거구나……. 설마 국제 문제로 발전할 줄은 몰랐다.

"하지만 멀린 님의 훈련 방법은 가르쳐줘도 상관없겠지. 조금 전에도 말했다만, 예전에는 그 방식이 주류였던 모양이니까."

"흠…… 그럼 할아버지한테 배운 것만 가르쳐줘야겠네."

"그래서? 멀린 님에게 배운 연습 방법이라는 게 대체 뭐야?"

"엄청 수수하더군. 지크프리트. 과연 네가 따라 할 수 있을까?"

"무, 무슨 말씀이세요, 전하! 충분히 할 수 있을 겁니다!"

"그럼 가르쳐주마. 그 방법이라는 건……."

"방법이라는 건?"

"마력 제어를 연습하는 거다."

"……예?"

"매일, 매일 조금씩 제어할 수 있는 마력의 양을 늘리는 것. 그것뿐이다."

"예? 아니, 정말로요?"

"뭐야, 지금 의심하는 거냐? 클로드! 메시나! 잠깐 이리 좀 와 봐!"

"예?"

"무슨 일이세요?"

오그는 우리의 대화 내용을 못 듣게 거리를 두고 있던 시실리와 마리아를 불렀다.

"무슨 용건이라도 있으세요? 전하."

"아니, 그게 말이다. 여기 있는 아바마마의 호위인 마법사단의 엘리트님께선 마력 제어가 얼마나 중요한지 모르는 모양이라 이 기회에 가르쳐줄까 싶어서."

너도 얼마 전까진 몰랐으면서!

"아…… 하긴, 듣기만 해선 실감이 안 나니까요."

"저희가 뭘 하면 될까요?"

"흠, 그럼 먼저 신이 시켰던 것처럼 마력 장벽부터 전개해볼까. 지크프리트, 일단 너부터 해봐."

"예……."

지크 형은 떨떠름한 얼굴로 마력 장벽을 펼쳤다.

……역시 두께가 얇다…….

"흠. 그럼 우리도 전개해보자."

"예."

"알겠어요."

그리고 오그와 시실리와 마리아도 마력 장벽을 전개했다.

"이, 이건!"

"어떤가요? 지크."

마력을 감지하지 못하는 크리스 누나가 지크 형에게 질문했다.

"어떻고 자시고…… 뭐야! 이 두꺼운 마력 장벽은?!"

"우리도 신과 멀린 님께 배우기 전까진 몰랐지. 제어할 수 있는 마력양이 늘어나면 이런 일이 가능하다는걸."

"솔직히 저희의 마력 장벽은 신의 장벽과 비교하면 종잇장이나 다름없지만요……."

"이게 얇은 편이라고……?"

"신 군의 장벽은 훨씬 더 굉장한걸요."

지크 형은 한숨을 내쉬면서 나에게 시선을 돌렸다.

"확실히 이렇게 마력양에서 차이가 나니 나보다 마법의 위력이 강해도 이상할 건 없겠군……."

"기술적으로는 한참 멀었지만요."

"아니, 자신감을 가져도 돼. 마리아. 실제로 너희의 마법은 굉장한 위력이었어. 이건…… 아무래도 앞으로는 마력 제어 연습을 꾸준히 해야겠네."

"뭐…… 솔직히 지루하고 성가신 훈련이니까 말이지. 이거라면 퍼트려도 상관없다."

오그가 지크 형에게 허가를 내줬다.

그건 그렇고 생각이 부족했다. ……이렇게 오그에게 폐를 끼치고 있었을 줄이야…….

"……미안, 오그."

"응? 뭐가?"

"아니…… 뭔가 폐를 끼친 것 같아서……."

"뭐야. 그거였어? 신경 쓰지 마. 따지고 보면 널 이 나라에 데려온 건 아바마마야. 그러니까 나도 왕족으로서 마지막까지 책임을 져야겠지."

"오그……."

하아…… 교복에 이어서 또……. 내 딴엔 조심한 거였는데 말이지.

"그런고로 신을 제외한 『궁극 마법 연구회』의 멤버들은 졸업 후에 국가의 관리를 받게 될 거다."

""예?""

"그야 당연하잖아. 군에 넣을 수는 없고, 그렇다고 해서 자유롭게 내버려 뒀다간 제어할 수 없을 테니까. 아마 내 직속 특수 부대가 될 거다. 여기에도 각국의 감시가 붙겠지."

"그렇게 엄중하게?"

"우리는 이대로 가면 아마 세계 최강의 부대가 될 거다. 이번 같은 특수한 경우에만 움직여야 각국의 의심을 덜 수 있겠지."

알스하이드 왕국에 세계를 정복하려는 뜻이 없다는 것을 증명해야 한다는 건가…….

"거듭해서 미안……."

"신경 쓰지 말라고 했잖아. 잘못 쓰지만 않으면 인류를 구원하는 희망이 될 수 있을 테니까."

희망이라…….

"그래……. 잘못된 길로 들어서지 않도록 조심해야겠네."

"신 군이라면 괜찮아요."

"시실리?"

"왜냐하면…… 우리에게 마법을 가르쳐준 건 우리를 지키기 위해서였잖아요? 그런 다정한 사람이 길을 잘못 들 리 없을 테니까요."

"……시실리……."

"신 군은 분명 이 세계의 희망이 될 거예요. 그러니까 너무 그렇게 신경 쓰지 마세요."

"……응, 알았어. 고마워, 시실리."

"오히려 조심해야 하는 건 우리…… 아니, 나겠지."

"예. 우리도 조심하죠."

오그와 마리아도 힘을 잘못된 곳에 쓰지 않겠다고 결심했다.

……내가 저들의 인생을 바꿔버린 거구나…….

나는 그 사실에 막중한 책임감을 느끼면서 집합 장소인 왕도의 문 앞에 도착했다.

그곳에는 이미 실전 훈련을 마친 두 학교의 학생들이 모여 있었다.

훈련 전에는 서로 반목했던 두 학교의 학생들이 오늘 훈련에 대한 이야기를 나누는 모습이 여기저기서 보였다.

때때로 웃음소리가 들리는 걸로 봐선 아무래도 서로를 인정한 듯했다. 이것만으로도 오늘 훈련을 받은 보람이 있었겠지만…… 마침 파견 나온 기사가 풀이 죽은 기사학원생들을 위로하고 있는 두 팀이 눈에 들어왔다.

근처에는 그 모습에 당황하는 마법학원생들도 있었다.

아니, 우리 연구회 멤버들이잖아.

"아! 전하, 신 군, 시실리, 마리아! 수고했어!"

"너도 수고했어, 앨리스. 그런데 이건 무슨 일이야?"

"이야~ 예상보다 마법의 위력이 올라갔길래 펑펑 써댔더니……."

"기사학원생들이 의기소침해졌어~."

"그러니까 저는 입이 닳도록 자제하라고 말했습니다만……."

"조금 지나쳤나 봐."

앨리스, 린, 토르, 유리는 자중하지 않았던 모양이다. 거의 다 마법만으로 토벌한 게 아닐까? 그래서 나설 기회가 없었던 기사학원생들이 좌절한 모양이었다.

"처음에는 신 님의 충고대로 마력을 자제해서 썼습니다. 그래도 소형 마물이 일격에 죽어 버려서……."

"그치만! 이대로는 안 되겠다 싶어서 후반에는 훈련을 위해 엄청 힘을 억눌렀다구!"

"아무래도 그게 그들의 자존심을 더 상처 입힌 모양이라~."

"중간부터 저런 상태가 됐어."

크라이스 일행도 그렇고 기사학원생들은 전반적으로 자존심이 센 것 같으니 자신들이 필요 없는 상황을 견디지 못한 것이리라.

"하지만 좀 통쾌할지도. 쟤네들, 우리를 엉큼한 눈으로 봤는걸!"

"……확실히 좀 불쾌했어~."

"멋진 모습을 보이려고 하기에 기회를 안 줬어."

"전 원망스러운 시선을 받았는데요……."

토르는 아주 진저리가 난다는 듯이 말했다.

기사학원생들은…… 그 정도로 여자에 굶주렸던 걸까?

그러고 보니 토니와 율리우스 쪽은 어떻게 됐지?

나는 다른 파티 쪽으로 걸어갔다.

"우린 상대 쪽에 아는 사람이 있어서."

"소인의 지인도 있었소이다."

"전 없었습다."

"저도요."

그렇군. 토니는 기사 가문 출신이다. 검술을 배우던 무렵의 지인과 마주쳤던 거겠지.

마크와 올리비아의 지인은 없었던 모양이다.

"만나자마자 『마법학원으로 도망친 나약한 놈!』이라는 소리를 들었는데……."

"소인은 전하의 호위로 마법학원에 입학한 것이라 지인에게 그런 말을 듣지는 않았소만…… 그 말을 계기로 갑자기 분위기가 나빠지더구려."

"뭐, 실전 훈련이라 처음에는 진지하게 전투에 임했습다

만……."

"그분은 플레이드 씨의 라이벌이었는지…… 마법도 쓸 수 있게 된 플레이드 씨에게 대항심을 불태우시더라구요."

플레이드 씨? 아, 토니의 성이었지.

"그리고 무모한 돌진을 반복하더구려."

"연계를 무너트렸다고 교관님께 몇 번이나 혼나셨습다."

"마법으로 지원하고 싶은데 찰싹 달라붙어 있다 보니 쓸 기회가 없어서…… 몇 번이나 위험한 장면을 연출하셨어요."

"그러다 또 혼이 나서 고집을 피우고…… 그런 과정을 되풀이하더구려."

"좀 이상할 정도로 토니 씨에게 집착하셨습다."

"음~ 걘 옛날부터 그랬는데 말이지. 매번 나한테 시비를 걸더라고."

"라이벌이었으니 어쩔 수 없는 거 아닐까?"

"어릴 땐 친했는데 말야……."

"응? 그래?"

"역시 그건가? 옛날에 걔가 좋아했던 여자애가 나한테 고백해서 사귄 적이 있었는데."

"틀림없이 그게 원인이야!"

사춘기 소년에게 그런 심한 짓을!

"그래서 결국 우리의 마법으로 토벌을 진행했소이다."

"기사학원생들이 나설 기회는 거의 없었습다!"

"가만히 두고 보기엔 좀 위험했으니까요."

기사학원생들이 훈련에 참가하는 것 자체가 위험하다고 판단했던 건가. 그야 풀이 죽을 만도 했다.

"그런데 신 군 쪽은 어땠습까?"

"이쪽에선 신과 시실리가 계속 노닥댔어."

"앗! 그게 무슨 소리야! 마리아!"

"그그그, 그래요! 저흰 그런……."

"아니, 노닥댔지."

"오그?!"

"너…… 진짜 자각이 없었던 거냐?"

"뭐가!"

"그게 노닥댄 게 아니라면 대체 뭐가 노닥대는 건데?"

"뭐, 뭐라니……."

"아으……."

그걸 내가 어떻게 알아!

"하아…… 여유 만만이었습까."

"뭐, 신은 한 발 뒤로 물러나서 항상 연계 훈련을 의식하도록 보조하는 역할이었지."

"신 님이 훈련을 컨트롤하신 거군요."

"이번에는 웬일로 신이 브레이크 역할을 맡았어."

"평소에는 솔선해서 폭주하는데 말이죠?"

솔선해서 폭주라니…… 역시 그런 식으로 보였던 건가…….

"어라~? 월포드 군, 왠지 표정이 어둡지 않아~?"

"정말이다. 무슨 일이라도 있었어?"

"아, 신은 자기가 저지른 일 때문에 우리에게 책임감을 느끼나 보더라구."

"책임감? 어째서?"

율리우스가 물어보기에 아까 오그에게 들은 이야기를 해주었다. 그들의 졸업 후 진로가 이미 정해졌다는 사실을.

"아, 그거 말인가요. 저와 율리우스는 알고 있었는데요."

"전하께 들었소이다."

"하긴 그렇겠네. 너희는 오그의 호위니까."

토르와 율리우스는 그럴 만했다.

"어? 그렇다는 건 우린 이미 진로가 정해진 거야?"

"응. 미안하지만 그런가 봐……."

"야호! 그럼 장래가 보장된 거잖아!"

"앨리스?"

앨리스에게서 예상치 못한 대답이 돌아왔다.

"그치만 마법학원에 들어왔다고 해서 장래가 정해진 건 아니잖아?"

"기사 양성 사관학원은 졸업 후에 그대로 군에 입대하는 모양이지만~."

"거긴 병사를 지휘하는 사관을 육성하기 위한 학교잖아. 고등학원 중에서도 특수한 곳이야. 하지만 마법학원과 경법학원은 졸업 후의 진로를 선택할 수 있어."

"그래서 미안하다는 거야. 나 때문에 너희의 진로가 한정됐으니까……."

"어째서? 전하의 직속 부대인 거잖아? 게다가 군과는 다른 지휘 계통의. 엄청난 특별대우잖아! 보통은 그런 대접은 꿈도 꿀 수 없다구?"

"맞아~. 이례적인 특별대우지~."

"굉장함다! 저도 그 일원이 되다니!"

"혹시 이건 꿈……?"

"가족에게 말해주면 엄청 기뻐할 거야."

어? 다들, 기뻐하잖아?

"그렇게 기쁜 일이야?"

"월포드 군은 이게 얼마나 굉장한 일인 줄 몰라?"

"아니…… 몰라서 물어보는 건데……."

그러자 린은 어쩔 수 없다는 듯이 어깨를 으쓱거리며 고개를 저었다.

"알스하이드 왕국, 차기 왕태자의 직속 부대. 이것만으로도 이미 특별대우. 게다가 특수한 상황에만 움직이고 각국의 감시도 붙은 부대……. 이건 즉, 유사시에는 타국에 파견될 가능성도 높다는 뜻."

"왕국뿐만 아니라 다른 나라에도?"

그런 말을 들으니 더 미안했다.

"우린 세계의 위기를 막는 특수부대가 될 거야. 그것만으로도 낭만적."

"특수부대의 낭만이라니……."

린은 가끔 이상한 소리를 한다니까!

"게다가 그런 특별대우를 받는다는 건……."

"받는다는 건?"

"급료도 굉장할 거야!"

그쪽?!

아! 다들, 고개를 끄덕였어!

"즉…… 이건 엘리트 코스를 밟았다는 건가?"

"그런 셈이지. 이야~ 역시 이 연구회에 들어오길 잘했어."

"정말로! 신 군과 만난 게 가장 큰 행운이겠지만!"

"그러니까~ 너무 그렇게 신경 쓸 필요는 없어~."

"그런가. 너희가 그걸로 만족한다면 내가 침울해질 필요도 없겠네."

"맞아."

하아~ 친구들이 나 때문에 인생이 송두리 채 바뀐 셈이라 고민했는데…… 다들 신경을 쓰기는커녕 행운이라고 생각할 줄이야.

"아, 그런데 마크네 집은 큰일 아닌가? 공방의 후계자가 없어진 거잖아."

"저희 집은 아빠가 당분간 현역일 겁니다. 제 자식에게 뒤를

잇게 해도 문제없을 검다."

"네 자식에게 물려주려고?"

"그럼 된 거 아니야? 벌써 상대도 있는 것 같으니까."

"후훗, 그러네요. 올리비아 양, 책임이 중대하겠는걸요?"

"앗, 잠깐만요! 마리아 씨! 시실리 씨!"

"흠, 빈과 스톤이 그런 관계였나?"

"역시? 전에 아침에 같이 공방에서 나왔을 때부터 대충 예상은 했었는데 말야."

"흐응~ 제법이네. 마크."

"아니, 저기, 놀리지 마시지 말임다!"

마크네 집도 당장 심각한 문제가 발생할 일은 없는 모양 이었다.

뭐, 만약의 경우에는 오그가 융통성을 발휘해주겠지.

"특수 부대가 될 거라면 더 잔뜩 마법을 가르쳐줘."

그렇군. 세계의 위기를 막는 특수 부대라면 훨씬 더 강해 져야겠지?

"아무리 내가 방파제가 된다 한들 한도라는 게 있다고? 너무 이상한 짓은 벌이지 마."

"……요즘 오그가 내 마음을 읽고 있는 게 아닐까 싶은 의 심이 들어."

"아뇨, 신 군의 경우는……."

"얼굴에 훤히 드러나서 알기 쉬우니까!"

"아직도 눈치 못 챘나요? 또 뭔가 일을 꾸미는 표정을 지으시던데요?"

뭐라고?! 완전히 들통난 거야?!

"아니, 이상한 생각 안 했거든?!"

"그럼 뭔데?"

"아니, 세계의 위기를 막는 특수 부대라면 훨씬 더 강해져야 할 것 같다고……."

"그러니까…… 한도라는 게 있다고 했잖아!"

웬일로 오그가 큰 소리를 질렀다.

◇

신 일행이 연구회의 장래에 관해 이야기를 나눌 무렵, 신과 같은 파티였던 크라이스 일행이 의기소침해진 같은 학교의 두 팀에게 다가갔다.

"꽤 풀이 죽었네?"

"그야 그럴 만도 하잖아……. 대체 뭐야 저건? 우린 아예 필요도 없잖아……."

앨리스 일행과 같은 파티였던 학생이 한탄했다.

"너희는 어땠냐?"

"우리 파티에는 월포드 군이 있었어."

"신 월포드?! 그거 참 힘들었겠구만……."

"그게…… 그렇지도 않더라구."

"그런 것치곤 너희도 제법 풀이 죽은 것 같은데."

자신이 일방적으로 대항심을 불태웠는데도 상대해주기는 커녕 오히려 여러모로 배려를 받은 미란다도 약간 풀이 죽어 있었다.

"우리를 한꺼번에 날려버린 멧돼지 마물을 한 방에 해치우지 않나……. 대체 뭐야 쟨? 마법도 엄청난데 검술까지 끙장하다니…… 반칙 아냐?"

"대, 대체 무슨 일이 있었길래?"

동급생들은 대체 무슨 일을 떠올렸는지 눈에 보이게 침울해진 미란다를 피해 크라이스 일행에게 질문했다.

"아, 응. 훈련 도중…… 마물 호랑이가 나타났는데."

"호! 호랑이?!"

"재해급 마물이잖아!"

"그걸 월포드가 간단히 해치워버리더라고. 그것도 검으로."

크라이스의 발언에 기사학원생들이 술렁거렸다.

"……잠깐, 그 녀석은 마법학원의 수석이잖아? 그런데 어떻게 마물 호랑이를 쓰러트릴 수 있을 정도로 검술까지 능숙한 거야?"

"월포드의 검술 스승이…… 미셸 콜링 님이라더라."

"검성님?!"

"진짜?!"

동급생들이 또 술렁거렸다.

"그런고로 라이벌로 생각했던 월포드의 굉장한 모습을 눈앞에서 보고 그 차이를 절감해서 풀이 죽은 셈이지."

"너도 한심한 이유로 침울해졌던 주제에!"

크라이스가 마치 자신만 풀이 죽은 것처럼 말하자 미란다가 반격했다.

"미, 미란다. 그건 말하지 않아도……."

"호오, 대체 무슨 일이 있었지?"

크라이스는 미란다에게 말하지 말라고 말리고 싶었지만 동급생들은 비정했다.

그러자 미란다는 마치 앙갚음하듯 크라이스 일행의 실태를 폭로하기 시작했다.

"마법학원에 귀여운 여자애가 있었는데 이 세 녀석은 그 여자애한테 아주 홀딱 빠져가지곤……. 그런데 아무래도 갠 월포드의 여자친구인 것 같더라구. 이동하는 중에도 계속 알콩달콩 노닥대고 있으니까 이 녀석들이 그걸 보고 질투해선……."

"지, 질투한 적 없어! 기사가 여성을 지키는 건 당연한 일이잖아!"

"마법학원의 여학생은 한 명 더 있었는데?"

"그, 그건……."

"그리고 마지막에는 학생들끼리만 마물 곰이랑 싸우게 됐는데……."

"곰?!"

"너희는 대체 얼마나 앞서간 거야!"

"뭐, 마무리는 우리가 했지만…… 그때도 월포드 군 덕분에 목숨을 건졌지……."

그때의 상황을 떠올렸는지 크라이스의 얼굴이 약간 파랗게 질렸다.

그리고 이야기를 다 들은 기사학원생들은 그를 동정하는 눈으로 쳐다보았다.

"여자를 뺏긴 데다 목숨까지 빚지다니……."

"그에 비하면……."

"그래, 우린 그나마 나은 편이려나……."

"……그런 의미로 기운을 차리라고 한 말이 아니다만……."

이번에는 크라이스가 크게 풀이 죽었다.

◇

다음 날부터는 파티를 바꿔가면서 합동 훈련을 했다.

그 이유는…… 전적으로 우리 연구회 멤버들 때문이었다.

우리와 같은 파티가 된 기사학원생들이 예외 없이 전부 자신감을 상실하자, 운영 측에서 이래선 훈련이 되지 않겠다고 판단했기 때문이다.

그리고 오늘 우리와 같은 파티가 된 기사학원생들은……

다들 하나같이 복잡한 표정을 짓고 있었다.

"왠지 우리를 대하는 느낌이 신이랑 비슷해진 것 같지 않아?"

"응……. 왠지 어제부터 그런 기분이 들더라……."

"신 님과 같은 취급인가요……. 마음이 복잡하군요……."

"다들 너무한 거 아니야?!"

기사학원생들이 우리와 같은 파티가 돼서 미묘한 표정을 짓자 마법학원생들은 나와 같은 취급을 받았다며 미묘한 표정을 지었다.

그렇게까지 나랑 같은 취급을 받는 게 싫은 거냐!

그런 해프닝이 있었지만 기사학원과 마법학원의 합동 훈련은 순조롭게 진행됐다.

첫날 이후부터는 연구회 멤버들도 자중한 건지 풀이 죽은 기사학원생의 모습은 눈에 띄지 않았다.

이렇게 해서 훈련은 순조롭게 진행됐지만 마인들은 과연 어떻게 됐을까.

구 제국령에 잠입한 첩보 부대는 수많은 마물의 방해를 받느라 아직도 자세한 정보를 파악하지 못했다고 한다.

일단 주변국의 침공은 이미 시작된 모양이었다.

하지만 구 제국령에서 무슨 일이 벌어지고 있는지 알 수 없었기에 전 세계의 모두가 형용할 수 없는 불안감에 잠겨 있었다.

합숙을 가자!

제4장

"이렇게 훈련에 쓸 시간이 있는 건 좋지만, 무슨 일이 일어날지 모르는 상황이라 계속 긴장하고 있으려니 피곤한걸……."

합동 훈련은 매일 받는 게 아니라 사이사이에 휴일을 가졌다.

오늘은 마침 쉬는 날이라 다들 연구실에 모였다.

"아, 그거 말인데 정보에 약간 진전이 있었어."

갑자기 오그가 마인의 동향에 관한 정보가 있다는 말을 꺼냈다.

"어? 그래?"

"일반에는 공표하지 않은 정보다만."

공표하지 않은 정보?

"저기…… 느닷없이 그런 화제를 꺼내는 의도가 뭐야?"

"응? 물론 너희에게도 알려주기 위해서다만?"

역시나! 국가기밀을 그렇게 쉽게 폭로하지 말라고!

"저, 저기요? 전하? 여긴 신뿐만 아니라 저희도 있는데요……."

마리아가 당황한 목소리로 외쳤다. 그야 그렇겠지. 지금 오그가 이야기하려는 건 국가기밀이다. 그런 걸 우리 모두에게 알려주겠다는 것이다.

"그래. 너희에게도 알려주겠다는 거야. 이 연구회의 멤버들은 이제 상당한 실력자들이다. 그러니 마인의 동향을 알아둘 필요가 있겠지."

이미 우리 모두가 중요한 전력에 포함되는 모양이었다. 그 말을 들은 모두의 얼굴이 굳어졌다.

"왠지 이런 이야기를 들으니 우리가 특별한 존재가 됐다는 자각이 드는군요."

"맞아. 정말로 특수 부대가 되는 거구나……."

"역시 월포드 군에게 더 많은 마법을 배워야겠어."

웬일로 진지한 얼굴의 앨리스, 약간 중압감을 느끼는 마리아, 변함없는 태도의 린. 제각기 다른 반응을 보였다.

"그럼 이야기를 계속하겠는데."

"새로운 정보라고?"

"그래. 얼마 전에 구 제국령에 잠입한 첩보 부대가 돌아와서 마인들에 관한 보고가 있었다."

마인『들』의 동향. 그 말에 어릴 때부터 할아버지들의 영웅담과 함께, 마인이 얼마나 위험한지 듣고 자라온 왕국 국민인 모두의 얼굴에 긴장감이 깃들었다.

오그의 말에 따르면 마인들은 구 제국령 내에 있는 마을과 도시를 습격하고 다닌다는 모양이었다.

그래서 지금은 다른 나라에까지 위협이 퍼지지 않았지만……

"습격당한 마을과 도시의 상황은…… 그야말로 비참하다고밖에 표현할 수 없다더군. 마을을 다스리는 귀족은 예외 없이 몰살. 평민들도 대부분 살해당했다나 봐."

상대가 마인 집단이라 섣불리 손을 댈 수 없었다. 몇 개국이 연합하지 않으면 도저히 맞설 수 없으리라. 그래서 마인이 인간의 도시를 습격하는 걸 손가락을 물고 방관할 수밖에 없었다.

아무래도 오그는 그럴 수밖에 없는 현실이 답답한 듯했다.

"대부분……이라는 건 살아남은 사람도 있는 거야?"

"그게 문제다만……."

"무슨 문제?"

"어떤 기준으로 선별하는지는 모르겠는데, 습격할 때마다 마인이 늘어나고 있다더군."

"그럼 살해당하지 않은 사람들은……."

"마인이 된 거겠지."

진짜? 그럼 앞으로 얼마나 늘어날지 짐작도 할 수 없다는 거잖아.

"슈투름은 대체 무슨 생각을 하는 걸까……."

"글쎄다. 그런 건 본인에게 물어봐야 알겠지만…… 이만큼 마인이 늘어났다는 것 자체가 터무니없는 위협이라는 건 사실이지."

일행을 둘러보자 역시 다들 마인에게 공포를 느끼는지 입을 꾹 다물고 있었다.

역시 강하게 만들어서 마인에게 공포를 느끼지 않게 해야겠군!

"저기, 내가 제안하고 싶은 게 있는데."

"……왠지 불길한 예감밖에 안 든다만…… 뭔데?"

"그 정도로 이상한 건 아니라고. 이제 곧 장기(長期) 휴일이잖아?"

"그렇지."

"그때 합숙을 해보는 건 어떨까?"

내가 그렇게 제안하자 앨리스가 가장 먼저 반응했다.

"합숙! 그거 좋네! 역시 연구회라고 하면 다 같이 여름 합숙을 가는 거지!"

이쪽 세계에서도 여름 합숙은 정석적인 이벤트인 듯했다.

"음…… 역시 앞으로 마인과 싸우게 될 거라면 한층 더 힘을 쌓는 편이 좋겠네."

"아침부터 밤까지 마법 삼매경…… 최고야!"

마리아는 마인을 상대해야 한다는 책임감 때문인지 더욱더 힘을 쌓고 싶다고 말했고, 린은 며칠 내내 마법 삼매경에 빠질 수 있다는 것이 기쁜지 환호성을 질렀다.

조금 전까지 마인들이 구 제국령을 유린하고 있다는 정보에 얼굴이 새파랗게 질렸던 다른 멤버들도 여름 합숙이라는 말을 듣고 서서히 안색이 정상으로 돌아왔다.

슈투름이 양산한 마인의 힘은 아직 파악하지 못했다고 한다. 지나치게 접근했다간 위험할지도 모르니 시력 강화 마법을 통해 원거리에서 얻은 정보였기 때문이다.

마인의 힘을 모르다 보니 대체 얼마나 멤버들을 강화해야 좋을지 마땅한 기준이 없었지만, 모처럼 첩보 부대에서 이런 정보를 가져다줬으니 최대한 전력을 갖춰보도록 하자.

"그런데 어디서 할 거야?"

앨리스의 질문에 다들 내 쪽을 돌아보았다.

"음~ 마법 연습은 그 황야에서 한다고 쳐도…… 합숙이라고 하면 역시 모두가 묵을 곳이 필요하겠는데…… 어디 좋은 데가 없을까?"

"뭐야. 아직 안 정한 거야?"

"난 얼마 전까진 숲속에서만 살았던 인간이잖아? 그런 내가 좋은 곳을 알 리 없잖아."

"그거라면 우리 중 누군가의 영지가 좋지 않을까?"

"아, 그거 좋네. 으음…… 그럼 시실리와 마리아와 토르와 율리우스인가. 괜찮겠어?"

"그럼 시실리나 율리우스의 영지겠네. 우리 영지는 연습이 끝난 후에 느긋하게 쉴 만한 곳이 아니야."

"그렇습니다. 저희 영지도 장인촌이라 쉴 만한 곳이 없으니까요."

마리아와 토르는 자신들의 영지가 합숙하기에 어울리지 않는다고 말했다.

분명 시실리네 영지는 온천 도시고, 율리우스네 영지는 휴양지라고 했었지.

무사의 휴양지라…….

"그렇다면 율리우스네 영지는 제외하는 편이 좋겠군."

"응? 왜?"

"이런 상황에서 휴양지에 가 봐라. 주위에서 뭐라고 하겠어?"

"참으로 골치 아픈 문제외다. 이번 시즌은 예약 취소가 많다고 하더구려."

아, 율리우스네 집안은 영지 경영이라는 의미로도 고생이 많을 것 같았다.

"저희는 그 정도는 아니에요. 작년보다 손님이 조금 줄어들었다고는 하지만요."

시실리네 영지는 율리우스네 영지보다 사정이 나은 듯했다. 온천은 요양을 한다는 의미도 있으니까 말이지.

그건 그렇고 역시 전쟁이 가까워지면 관광지는 힘든가 보다. 이럴 때 관광을 즐기는 것을 못마땅한 눈으로 바라보는 건 어느 세계나 마찬가지인 모양이었다.

"그럼 시실리네 영지가 연습 후에 쉬기도 좋을 테니 부탁해도 될까?"

"예! 도움이 돼서 기뻐요!"

"돈은 어떻게 하지? 우리가 모은다고 쳐도 얼마나 필요할까?"

"예? 그러실 필요 없어요. 저희 영지에 있는 집을 쓰면 되니까요."

"아니, 그래도 공짜는 안 되지. 우린 한두 명이 아니잖아?"

"아뇨, 역시 괜찮아요. 저희 영지에 있는 저택을 쓰면 숙박비가 필요 없을 테고, 무엇보다도 친구들에게 돈을 받을 수는 없으니까요."

"시실리……."

"그리고 신 군은 저에게…… 저희에게 무상으로 이런 굉장한 장비를 선물해줬잖아요? 그에 비하면 별것 아니에요. 그리고 이번 합숙은 세계의 위기를 막기 위한 일이기도 하니까요."

"흠…… 그럼 이번에는 시실리의 호의를 받아들이기로 하고, 다음부턴 우리 영지들을 번갈아 다니는 건 어떨까? 우리 영지는 느긋하게 쉬기에는 적합하지 않지만 맛있는 해산물이 잔뜩 있으니까 나름 즐거울 거야."

마리아도 이렇게 말해줬으니 이번에는 시실리의 호의를 받아들이기로 했다.

나는 이런 부분에서 연구회의 결속력이 보이는 것 같아

내심 기뻤다. 다들 자신들이 어떤 일을 할 수 있을지 고민해 주고 있었다. 그러니 나도 내가 할 수 있는 일을 열심히 해 보자.

"아, 맞아. 신에게는 좀 부탁하고 싶은 일이 있는데."

"뭔데?"

내가 조용히 결의를 불태우고 있자 오그가 부탁이 있다고 말했다.

"실은 이번 장기 휴일 중에 내 생일이 있어."

"호오, 그래?"

"그때 입태자의 의식을 할 예정인데 아마 합숙 도중일 거다. 그러니 그때는 날 왕성으로 데려다줬으면 좋겠군."

"응, 난 상관없어."

난 오그의 이동 수단인가…….

아니! 그건 딱히 상관없지만 이동 수단 말고도 내가 할 수 있는 일이 있을 터!

그러고 보니 전에 입태자의 의식이 있다고 했었지? 요즘 이런저런 일에 참견하느라 바빠서 완전히 깜빡하고 있었다.

"마침내 전하께서 왕태자가 되시는 거군요."

"솔직히 난 뭐가 달라지는 건지 잘 모르겠는데……."

"지금까지는 평범한 왕자였던 인간이 차기 국왕 후보가 되는 것뿐이다. 딱히 달라지는 건 없어."

"직함이 바뀌는 것뿐?"

"그럴 리가요. 앞으로는 국왕 폐하의 대리로 각국을 방문하실 일도 많아질 겁니다. 덤으로 제 입으로 말씀드리기는 좀 그렇지만, 신 님의 연구회라는 골칫거리까지 떠안으셨으니 긴장을 풀고 계시면 곤란하죠."

"토르…… 골칫거리라니……."

"아, 죄송합니다. 하지만 실제로 타국에선 반드시 이 문제를 추궁할 겁니다. 그러니 우리나라에 적의가 없다는 것, 세계에 유익한 집단이라는 것을 증명할 필요가 있겠지요."

"골칫거리라는 건 부정하지 않는 거구나……."

오그는 이미 빼도 박도 못하게 연관되었으니 증명하는 것도 보통 일이 아니리라.

"그래도 연구회에 소속되어 있으니 교섭에 유리한 건 나야. 그들 마음대로 되지는 않을 거다."

그리고 은근슬쩍 어두운 일면을 내비쳤다.

"그런 것보다 너희는 자신의 실력을 올리는 것만 집중해. 물론 상식의 범주 내에서."

"" "예!""

다들 내 얼굴을 쳐다보면서 대답했다.

그러니까 왜!

석연찮은 기분에 잠겨서 집으로 돌아온 나는 할아버지와 할머니에게 장기 휴일 동안 연구회 멤버들과 합숙을 할 거라는 취지를 전했다.

"호오, 합숙이란 말이지?"

"허허, 그거 괜찮겠구나. 상황이 이러니, 각자 실력을 쌓아두면 손해 볼 일은 없겠지."

할머니와 할아버지도 찬성해줬다. 이걸로 혼날 걱정은 덜었다!

"그런데 보호자는 어떻게 할 거니?"

"보호자?"

"당연하지. 사춘기 남녀가 같은 지붕 아래에서 침식을 같이하는 거잖아? 게다가 왕족과 귀족까지 있고. 아무리 성인이라고는 해도 학생들끼리만 보낼 수는 없는 노릇이잖니."

듣고 보니 그랬다. 특히 오그는 왕족이다. 약혼자가 아닌 여자들과 합숙을 했다간 나중에 무슨 소문이 돌지 몰랐다.

"다른 아이들의 부모님은 바쁠 테니 내가 가줄게."

"물론 나도 가마."

"어? 그래도 돼?"

"그래. 솔직히 우린 한가하니까."

"이렇게 지내다간 치매가 올 것 같아서 말이다."

한가한 시간을 주체 못 한 할머니와 할아버지가 우리의 보호자가 되어주기로 했다.

"그리고 넌 눈을 떼면 무슨 짓을 저지를지 모르니까 말이지……."

"요, 요즘은 자중하고…… 있거든?"

"정말로?"

할머니가 날 게슴츠레한 눈으로 노려보았다.

"……난 이 문제에 관해선 할 말이 없구만."

"당신이 원조니까 당연하지."

"허허……."

할아버지! 식은땀을 흘리면서 시선을 피하지 말고 도와줘요!

이렇게 해서 할머니가 합숙을 감시하기로 결정되었다.

다음 날 합동 훈련을 받기 전에 연구회 멤버들에게 그 사실을 전했다.

"굉장해! 현자님과 도사님께서 우리 보호자가 되어주신다니!"

"그러고 보니 보호자를 고려하지 않았군."

"전 어제 시점에서 이미 누군가 생각해둔 분이 있으신 줄 알았습니다만……."

토르가 오그에게 쓴소리를 했다. 아니, 사실 나도 할머니가 말을 꺼내기 전까진 생각도 못 한 문제였다.

숲에서 나온 지 벌써 몇 달이 지났지만 아직도 신분제라는 것이 익숙해지지 않았다.

왕족인 오그와 디스 아저씨. 귀족인 시실리와 마리아와 토르와 율리우스도 전생에서는 이야기로만 들었던 교만한 귀족과는 거리가 있기 때문일까? 나도 모르게 신분을 잊고 평범하게 대할 때가 많았다. 오그도 학교에 있을 때는 자신이 왕족이라는 사실을 잊고 있는 경향을 보였고.

이 세계의 지방자치는 귀족제와 떼려야 뗄 수 없는 관계였다.

전생에 비해 교통망과 통신망이 발달하지 않았기 때문이다.

다른 지방과 연락하는 데 시간이 지나치게 걸리다 보니 지방자치는 전적으로 영주인 귀족의 재량에 맡겨졌다. 뭐, 예외인 나라도 있는 모양이긴 하지만.

그러므로 알스하이드 왕국에 사는 이상 나도 신분제에 익숙해질 필요가 있었지만—.

"왕족이라든가 귀족이라든가, 대체 어떻게 신경 써야 하는지 잘 모르겠단 말이지."

"뭐야. 신은 왕족도 없고 귀족도 없는 나라에 가고 싶은 거냐?"

"왕족도 없고 귀족도 없는 나라? 아, 엘스 자유 상업 연합국 말인가. 아니, 딱히 그런 건 아닌데."

『엘스 자유 상업 연합국』이란 이 세계에서 유일하게 공화정을 하고 있는 나라다. 영주인 귀족 대신 일반인 중 입후보한 사람이 선거에서 지사로 선출되고 나아가서는 그 지사들 중에서 대통령을 뽑는다.

귀족과 왕족이 없으니 평민밖에 존재하지 않는 나라.

뭐, 공화제이긴 해도 영주와 같은 위치에 있는 지사가 각 지를 맡아서 다스리고 있으니 정치 형태 자체는 국왕제의 나라와 다를 것이 없었다.

교통이나 통신 사정도 비슷하고.

다만, 원래 상인이었던 사람이 주로 지사나 대통령으로 선출되는 경우가 많다 보니 교섭이 굉장히 어렵다는 수업을 들은 적 있었다.

"신 군은…… 엘스에 가고 싶은 건가요?"

"응? 아, 아니야! 그런 게 아니라고!"

시실리가 눈물을 글썽거리면서 물어보았다.

"그랬어? 난 분명 우리를 버리고 엘스에 가고 싶은 줄 알았다만."

"난 그런 말은 한마디도 안 했거든?!"

이 녀석! 틀림없이 일부러 이러는 거다! 가끔 짓궂은 일면을 내비치니까 진짜로 곤란해!

"너희를 버리고 갈 생각은 없으니까 안심해. 응? 시실리."

"그런가요. 깜짝 놀랐어요."

"바보 같은 짓은 그만하고 슬슬 가죠. 이미 기사학원생들도 모여 있을 겁니다."

"으, 응. 그러자."

바보 같은 짓이라니…… 오그도 껴 있었는데 말이지…….

요즘 토르도 거리낌이 없어졌다. 어제는 연구회를 골칫거리라고 말하기도 했고······.

어? 전부 내가 얽힌 일이잖아?

나는 약간 답답함을 느끼면서 오늘도 기사학원생들과 합동 훈련을 했다.

변함없이 난 보조 역할이었다. 기사학원생이 방패 역할을 맡아서 마물을 붙들어놓은 사이에 마법학원생들이 마법을 날리고, 대미지가 누적되면 기사학원생들이 마무리를 했다.

요즘 계속 같은 연습만 반복해서 그런지 다들 연계가 능숙해졌다.

"그건 그렇고····· 너희들은 방패 역할이 필요 없지 않아?"

"응? 무슨 소리야? 지크 형."

"무슨 소리고 자시고····· 너희 연구회 멤버들은 무영창으로 마법을 펑펑 써대잖아. 원래 기사가 방패 역할을 맡아서 공격을 막는 건 마법사가 영창하는 시간을 벌기 위해서라고."

"그건 그래."

"그런데 너희들은 무영창으로 마법을 쓸 수 있으니 영창 시간을 벌려고 방패 역할을 맡는 게 아니라, 일단 순서가 왔으니까 한 번쯤 마물을 공격을 막아본다는 식으로 변했다고. 저걸 봐. 기사학원생들의 모습을."

지크 형의 말대로 기사학원생들에게 시선을 돌리자······ 아! 작게 「우리가 필요하긴 한 건가?」라고 속삭이는 목소리가 들렸다!

"아…… 응! 이건 훈련이니까 다른 파티가 됐을 때를 대비한 연습이라고 치자."

"진짜 너란 녀석은…… 아니, 너희들. 이 훈련을 받을 의미가 있긴 한 거야? 단독으로도 전력으로 성립하고 있잖아."

그렇게 말해봤자…… 위에서 전원이 참가하라는데 어쩌라고.

"왠지…… 저희의 취급이 정말 신 같아졌군요."

"지극히 유감이다만."

"저기…… 그렇게 말씀하시는 건 좀……."

시실리까지 말꼬리를 흐렸어!

요즘 들어 일상이 된 듯한 대화를 나누면서 별문제 없이 오늘 훈련을 마쳤다.

그건 그렇고 마물의 숫자는 전혀 줄어들지 않았다. 왕국이 이 정도면 구 제국령은 대체 어땠을까. 어제 정보를 가져왔다고 들은 첩보 부대원들의 노고가 얼마나 컸을지 실감했다.

그렇게 해서 집합 장소인 왕도의 문 앞에 도착하자…… 어라? 첫날처럼 풀이 죽은 기사학원생들이 보였다.

"저기, 이게 어떻게 된 거야?"

"아, 신 군. 아니, 그게…… 현자님과 도사님이 합숙에 참가하신다는 말을 듣고 들떠서 그만……."

"앨리스 님이…… 기사학원생들이 방패가 되기도 전에 마물을 전부 해치워버리셨어요."

"우리도 나설 차례가 없었지 뭐야~."

"아으으……."

첫날보다 더 심하게 날뛰었다 이거군.

"토니네 파티는 괜찮았나 보네."

"그야 훈련이니까. 기사의 역할도 몸으로 이해하고 있고."

"동감이외다."

"그렇다면 이번에 사고 친 건 앨리스뿐인가."

"으으…… 미아~안!"

이런 느낌으로 합동 훈련은 가끔 실패도 하면서 순조롭게 진행되었고 학교는 장기 휴일을 맞이했다.

기간은 두 달. 이 시기에는 합동 훈련이 없었다. 학교에서는 쉬는 동안 각자 수련을 쌓아서 개학식 때 더 나아진 모습을 보여 달라는 연락 사항을 끝으로 아무런 숙제도 내주지 않았다.

숙제는 없었지만 개학 후에 확실히 나아진 모습을 보이지 못하면 평가가 낮아질 테니 거의 놀 시간도 없는 휴일이 될 것 같았다.

우리 『궁극 마법 연구회』는 이 기간에 합숙을 통해 모두의 전력 상승을 노릴 예정이었다.

다만, 미혼의 남녀가 침식을 함께하는 건 문제가 될 테니 우리 할아버지와 할머니가 보호자로서 동반하기로 했다. 그래서 우리 셋은 참가자들의 집에 일일이 인사를 하러 다녔다.

다들 두 영웅의 방문에 매우 놀랐다.

멀쩡했던 건 면식이 있는 디스 아저씨와 시실리와 마리아의 부모님들뿐이었다. 그중에서도 토르와 율리우스의 부모님들은 눈물을 글썽거리기까지 했다.

　시실리의 부모님의 경우는 합숙 때 영지의 저택을 빌리게 됐으니 감사하다는 인사를 겸했다.

　"미안하이. 우리 손자의 고집으로 댁의 저택을 빌리게 된 모양이라."

　"정말 미안하게 됐구만."

　"아아아, 아닙니다! 고개를 들어주세요! 현자님! 도사님! 두 분의 손자에게 힘을 빌려줄 수 있다니, 이보다 기쁜 일은 없을 겁니다! 그리고 이건 이 세계를 위한 일. 영광스럽게 생각한 적은 있어도 폐가 된다고 생각한 적은 눈곱만큼도 없습니다!"

　"예, 저희는 기쁘답니다. 신 군이 이루려고 하는 건 세계의 평안. 거기에 힘을 보탠다는 건 가문 대대로 자랑할 만한 일이 되겠지요."

　세실 씨와 아일린 씨도 이번 합숙에 협력적이었다. 하지만 그런 식으로 칭찬하는 걸 들으니 오히려 조금 긴장이 됐다.

　"글쎄⋯⋯. 이 아이는 자유롭게 행동할 수 있는 환경을 주면 사고를 치는 버릇이 있어서⋯⋯."

　"허허⋯⋯ 그랬지⋯⋯."

　할아버지! 긍정하지 마!

"뭐, 이 아이가 바보 같은 짓을 저지르지 못하게 확실히 감시할 생각이다만…… 그래도 막지 못할 경우에는 각오하렴."

"할머니…… 손자를 좀 신용해줘."

"그게 네가 할 말이니! 지금까지 네가 저지른 일을 되새겨보렴! 이번에는 정말로 자중해야 한다?"

"아…… 응. 노력은 해볼……까?"

"하아…… 정말로 걱정이 돼서 견딜 수가 없구나."

할머니는 깊이 탄식했다.

"도, 도사님. 신 군은 다정하고 착한 소년입니다. 그런 터무니없는 짓은……."

"예. 시실리를 위해 그렇게 열심히 힘써준 아이가 이상한 짓을 할 리가……."

"물러. 물러 터졌다고, 자네들은. 이 아이는 즉흥적인 발상을 바로 실행에 옮기는 나쁜 버릇이 있어. 게다가 그 발상이라는 것도 우리의 머리로는 이해할 수조차 없는 것투성이라고."

세실 씨와 아일린 씨가 날 변호했지만 할머니는 단숨에 일축해버렸다.

"그, 그런가요?"

"그래, 그렇고말고. 자네들이 가지고 있는 방어 마도구도 이 아이가 만든 거지?"

"예, 그렇습니다. 저도 이것 덕분에 몇 번이나 목숨을 건

졌지요."

"예?! 그게 사실이에요, 아버지?"

"그래. 너에게 걱정을 끼칠 것 같아서 말하지 않은 거란다. 영지에 돌아갈 때 몇 번이나 마물의 습격을 받았다만 그때마다 이 마도구가 없었으면 위험했을 때가 있었지."

"전 남편에게 이 이야기를 들었을 때 몇 번이나 신 군에게 감사했답니다. 고마워요, 신 군. 이 기회에 다시 말할게요."

"아뇨, 괜찮아요. 저야말로 도움이 돼서 기쁜걸요."

좋은 느낌의 지원 사격이었다. 이대로 대화가 좋은 방향으로 흘러갔으면 좋겠다.

"그렇군. 그건 다행이네. 이 아이가 만든 물건이 도움이 됐다면 그보다 더 기쁜 일은 없겠지."

"그렇고말고요!"

"그런데 이 마도구를 써본 감상은 어땠지?"

"예? 감상 말씀입니까? 아, 과연 도사님의 손자가 만든 마도구답다고 감탄을……."

"그런 감상이 아니라, 일반적으로 유통되는 방어 마도구와 비교하면 어땠냐고 묻고 있는 걸세."

"그건…… 솔직히 일반적으로 유통되는 물건과 비교하면 그야말로 하늘과 땅 차이더군요. 전 이런 성능의 마도구는 난생처음 봤습니다."

"그걸 이 아이가 얼마나 걸려서 만든 건지는 아나?"

"분명 단숨에……."

세실 씨는 거기까지 말하고 굳어버렸다.

"그런 걸세. 이 아이는 그 정도의 마도구를 간단히 만들어내고 말아. 그것도 즉흥적인 발상으로. 정말이지, 감시라도 하지 않으면 위태로워서 견딜 수가 없는 지경이야."

"……."

아앗! 세실 씨가 침묵했다! 파, 파이팅!

"될 수 있는 한 터무니없는 짓은 저지르지 않도록 감시하겠다만, 마음의 각오쯤은 해둬."

"알겠습니다. 저희도 각오해두겠습니다……."

"마……마법 연습은 황야에서 할 거니까 아마 괜찮……."

할머니가 날 확 노려보는 바람에 갑자기 말문이 막혀버렸다.

"할아버지……."

"왜 그러느냐."

"……할머니가 무서워."

"허허…… 난 이미 뼈저리게 알고 있었느니라……."

우리는 할머니의 뒤를 졸래졸래 따라서 집으로 돌아왔다.

진심으로 무서웠어…….

그리고 다음 날.

나는 게이트를 통해 연구회 멤버를 모두 우리 집으로 데려왔다.

역시 난 택시였나…….

내심 그렇게 신경 쓰면서 마차 정류장으로 다 같이 이동했다.

이번에는 돌아올 때 게이트를 쓸 예정이라 갈 때는 마차를 전세 계약하기로 했다.

개인 소유 마차는 목적지에 도착한 후에 쓸 일이 없어지기 때문이다.

이번에는 왕족인 오그와 우리 할아버지와 할머니라는, 국민과 마주쳤다간 큰 소란이 벌어지는 사람들이 있다 보니 합승이 아닌 전세 계약을 맺게 되었다.

참고로 요금은 오그가 부담했다. 이렇게 전세를 낸 건 전부 다 자신 때문이라는 이유로…….

마차는 6인승 세 대였다. 우린 총 열네 명이니까 여섯, 넷, 넷씩 나눠 타기로 했다.

나는 여섯 명이 타는 마차 쪽에 탔다. 탑승객은 나, 할아버지, 할머니, 오그, 시실리, 마리아였다.

토르와 율리우스는 오그에게 나와 할아버지와 할머니가 있으니 괜찮을 거라는 말을 듣고 다른 마차에 탔다. 동승자는 린과 앨리스였다.

마크와 올리비아는 역시 같은 마차를 골랐고 토니와 유리가 함께 탔다.

목적지까지는 마차로 약 이틀 정도. 말은 그 사이 내내 마차를 끈다고 한다.

"종일이라니, 말은 괜찮은 거야?"

마차가 출발한 후에 그 이야기를 들은 나는 마차를 끄는 말들을 걱정했다.

"괜찮아. 말이 마구(馬具)를 잔뜩 달고 있는 건 봤지?"

"아……그러고 보니 뭔가 이것저것 달고 있더라."

"거기에 피로 회복 마법이나 신체 능력 강화 마법 같은 게 걸려있는 거란다."

"그 마구들 덕분에 말이 오랫동안 달릴 수 있게 돼서 장거리 이동 시간이 크게 단축된 거예요."

"그 마법이 부여된 마구를 개발한 분이 바로 멜리다 님이셔."

"할머니가?"

"뭐야. 몰랐어?"

"처음 들었어."

"옛날에는 마도구를 대부분 전투용으로 썼지만, 멜리다 님께서 생활에 도움이 되는 마도구 개발에 힘을 쏟아주신 덕분에 저희의 생활 수준이 크게 개선된 거랍니다."

"민중의 생활 수준을 편리하고 쾌적하게 개선해서 더욱 나은 생활로 이끈(導) 분이라는 뜻으로 다들 멜리다 님을 부를 때는 경의를 담아『도사(導師)』를 붙이는 거다."

"저희는 태어났을 때부터 이런 생활에 익숙해졌지만, 저희의 조부모님이나 부모님 세대는 늘 이렇게 말씀하세요. 세상 참 편해졌다구요."

"흐응, 그랬던 건가."

사실 왜 다들 할머니를 도사님이라고 부르는 건지 궁금했었다.

나에겐 조금 무서운 구석이 있어도 다정한 할머니일 뿐인데…….

"왜 그러니? 신. 사람을 빤히 쳐다보고."

"아니, 할머니는 굉장했구나 싶어서."

"가, 갑자기 뜬금없기는. 다 옛날 일이란다. 옛날 일."

할머니는 빨갛게 익은 얼굴로 고개를 돌려버렸다.

"쑥스러워하지 않아도 되는데."

"허허, 옛날부터 솔직하게 칭찬을 받아들이지 못하는 성격이라서 그렇단다."

"흐응, 하지만 왠지 상상이 가는걸."

"당신들! 그만 좀 해!"

그런 식으로 마차 여행은 즐겁고 순조롭게 진행되었다.

하지만 장거리 이동 중에는 늘 주의해야 하는 존재가 있었다. 주위에 계속 펼쳐두고 있던 색적 마법에 마물의 반응이 느껴졌다.

"마물이다. 이 크기는…… 중형이려나?"

"음. 수는 다섯인가."

다른 마차와 연락을 취해서 일단 정지했다.

그리고 모두 일제히 마차에서 내렸다.

"마물이 나왔네."

앨리스가 마차에서 내리면서 그렇게 말했다.

"어떻게 할까요? 이 정도면 한 사람만 나서도 될 것 같은데…… 누가 하죠?"

토르의 말에 다들 얼굴을 마주 보았다.

"나! 내가 하고 싶어!"

"아니, 내가 할래."

"나도 하고 싶은걸."

다들 적극적으로 손을 들었다.

"그럼……."

모두가 날 쳐다보는 가운데 제안했다.

"제비뽑기로 정하자."

나는 그렇게 말하면서 이공간에서 제비를 꺼냈다.

"왜 제비뽑기 도구를 가지고 계신 건가요……."

토르가 그렇게 물어봤지만 대답할 수 없었다.

왜였지?

"그건 됐고 어서 제비부터 뽑아."

다들 제비를 뽑았다. 그 사이에 마물은 눈으로 확인할 수 있는 거리까지 접근했다. 저건 마물 들개인가?

"뽑았어. 당첨!"

"아앙~ 난 꽝이야~."

당첨 제비를 뽑은 건 린이었다.

"그럼 린, 부탁할게."

"알았어. 맡겨줘."

린은 그렇게 말하고 마물을 향해 몸을 돌렸다.

마력을 모아서 풍속성 마법을 발동.

무영창으로 날린 강력한 바람의 칼날이 단숨에 들개의 몸을 갈기갈기 찢어놓았다.

"오, 마법 발동이 꽤 빨라졌는걸."

"우훗. 낙승."

"하지만 위력이 좀 지나친 감이 있는걸. 마력을 약간 적게 모아도 괜찮을 거야. 그럼 발동도 빨라질 테고."

"그렇구나. 다음부턴 주의할게."

"다음은 내 차례지?!"

"안 돼. 이번에도 제비로 정하자. 린은 빼고."

"너무해. 나도 할래."

"넌 방금 했잖아."

그런 우리의 대화를 지켜보던 마부들이 말을 걸었다.

"저기요……. 방금 그건 중형 마물 아니었습니까? 그것도 다섯 마리나……."

"그런 걸 단번에……."

"제비뽑기로……."

"하아…… 예상했던 대로 난장판이 됐네."

"허허, 다들 실력이 올랐으니 잘됐구만."

그런 마부들의 감상을 들은 일행은 약간 체념한 목소리로 말했다.

"역시 이런 반응이 나오는군요."

"어쩔 수 없어. 합동 훈련 때도 내내 이랬는걸. 이미 익숙해졌어."

"앞으로는 이보다 더 심한 반응이 돌아오겠지~."

"바라던 바야."

……이건 좋은 경향일까? 다들 이 상황을 순순히 받아들이기 시작했다.

"정신을 놓고 있는데 미안하다만, 길을 서두르고 싶군. 또 부탁하마."

"“아, 예!”"

오그의 지시에 다들 다시 마차에 탔고 마부들이 마차를 몰기 시작했다.

그 마차 안에서 할머니가 나에게 질문했다.

"신, 연구회 애들의 실력은 다들 어느 정도쯤 되지? 저 애가 특별히 강한 편인가?"

"아니? 아마 다들 비슷한 게 가능할걸."

"예, 가능해요."

"저도 저 정도쯤이라면……."

"나도 가능해."

"저 정도쯤이라니…… 제법 굉장한 일이라고? 그걸 저 정도쯤이라니……."

"허허. 좋은 느낌으로 감각이 마비됐구만."

"좋은 느낌은 무슨! 하아…… 정말로 특수 부대였어……."

할머니는 피곤한 듯 한숨을 내쉬었다.

"다른 집 애들을 이렇게 마(魔)개조해버리다니……. 부모들에게 대체 뭐라고 사과해야 좋을지……."

다들 쓴웃음을 지으면서 할머니의 푸념을 들었다.

마개조라니…… 그건 인간을 대상으로 쓰는 말이 아니지 않나?

도중에 다른 도시에서 하룻밤 묵은 후 마침내 목적지인 클로드 가문의 영지, 『클로드』에 도착했다.

기본적으로 도시의 이름은 그곳을 다스리는 귀족의 성이 붙는다. 알기 쉬운 점도 있지만 귀족 당사자가 자신의 성을 이름으로 가진 도시에, 긍지를 가지고 책임감 있게 다스리도록 하기 위해서다.

클로드는 온천지라 그런지 도시 여기저기에서 수증기가 솟고 있었다.

도시 입구 근처에는 누구나 이용할 수 있는 공중목욕탕과 여관이 쭉 늘어서 있었고 일반 주민은 조금 더 안쪽에서 살고 있는 모양이었다.

영주의 저택은 산을 등지고 있는 도시의 가장 안쪽에 있어서 산 쪽에서의 침입을 최대한 막는 구조로 되어 있었다.

도시 입구에서 시민증을 건네자 사전에 이야기를 끝냈는지 영주의 딸과 왕족과 영웅 같은 특수한 인물들이 줄줄이 모여 있는데도 딱히 놀라워하는 반응을 보이지 않았다.

오히려 무사히 도착한 것에 안심하는 분위기가 느껴졌다.

하긴 그럴 만도 했다. 만약 사고라도 났다간 뒷감당이 안 되는 멤버들만 모여 있으니 말이다. 뭐, 이 멤버로 어지간해선 위험할 일은 없을 것 같지만…….

그리고 그들은 바로 영주의 저택에 심부름꾼을 보냈다. 일반적으로 마차는 승차장에서 정차하는 게 보통이지만 이번에는 서비스로 영주의 저택까지 태워다 줬다.

““어서 오십시오. 시실리 아가씨.””

먼저 심부름꾼을 보낸 덕분에 고용인들이 총출동해서 우리를 맞이해줬다.

"시실리 아가씨, 어서 오십시오. 그리고 아우구스트 전하, 방문하신 걸 환영합니다. 또한 현자님, 도사님. 이렇게 만나 뵙게 돼서 참으로 영광입니다. 학우 여러분도 잘 오셨습니다. 그리고 새로운 영웅이신 신 님."

아마 시실리의 아버지 대신 이곳을 다스리는 대관(代官)인 듯한 사람이 먼저 일행에게 인사하고 마지막으로 나를 지그시 바라보았다.

뭐, 뭡니까?

"저와 고용인 일동은 당신의 방문을 진심으로 고대하고 있었습니다. 아무쪼록 잘 부탁드립니다."

"잘 부탁드립니다."

무슨 영문인지 고용인들이 일제히 나에게 고개를 숙였다. 우째서?

"저, 정말이지! 여러분! 호들갑이 지나치세요!"

"하오나 시실리 아가씨. 저희들의 장래와도 관계가 있는 분께 인사를 드리는 건 법도가 아닐는지……."

"와~! 와~! 무슨 말씀을 하시는 거예요!"

시실리가 엄청 당황했다. 이것 또한 보기 드문 모습이었다.

내가 웃으면서 지켜보고 있자 그녀가 이쪽으로 시선을 돌렸다.

"왜, 왜 웃고 계신 건가요?"

"아니, 시실리가 큰 소리로 외치면서 당황하는 게 신기해서, 나도 모르게."

"아으…… 나도 모르게라니, 정말이지!"

"아하하, 미안. 미안. 자, 그만 화 풀어."

얼굴이 새빨개져서 눈물을 글썽거리던 시실리는 내가 머리를 쓰다듬어주자 서서히 안정을 되찾았다.

"나 참…… 어쩔 수 없네요."

"당황하는 모습이 왠지 귀엽더라고. 미안."

"귀, 귀엽……."

아, 또 새빨갛게 변했다.

문득 시선이 느껴져서 주위를 살피자 연구회 멤버들뿐만 아니라 고용인들까지 실실 웃고 있었다.

"뭐, 뭐가?"

"아니, 이럴 때도 노닥댄다 싶어서."

"하아…… 훈련 중에도 계속 이러셨던 겁니까. 하긴 그런 소릴 들을 만도 하겠군요."

"그렇다니깐. 기사학원생들은 피눈물까지 흘리더라구."

"남녀의 비율이 9 대 1인 남학생들 앞에서 그런 잔인한 짓을……"

"아가씨, 역시 제대로 인사를 드리는 편이……"

"아으으."

아아~ 시실리가 더 새빨갛게 돼서 내 뒤에 숨어버렸다.

한동안 복귀는 어려울 거라 판단했는지 대관이 본론으로 들어갔다.

"저는 세실 님의 대리로 이 땅을 관리하고 있는 카미유 브랜들리라고 합니다. 이 저택에서 살고 있는 것은 아니라, 여러분의 시중은 전부 고용인들에게 일임했으니 그 점 양해해주시길 바랍니다."

"예? 여기서 살지 않는다고요?"

"여긴 클로드 자작님의 저택이니까요. 전 업무를 위해 잠시 실례하는 것뿐입니다."

그렇구나. 여기서 사는 줄 알았는데…….

"아우구스트 전하도 방문해주셔서 감사합니다."

"그래. 하지만 이번에 난 연구회의 합숙 때문에 온 거다. 그러니까 환대는 필요 없어."

"알겠습니다. 그리고 이번에 영웅님께 보호자를 부탁드린 건 탁월한 판단이셨습니다."

응? 어째서?

내가 의아한 표정을 지은 모양인지 오그가 설명해줬다.

"왕족인 내가 귀족의 저택을 사적으로 방문하는 걸 좋게 보지 않는 놈들이 많거든."

"그건 알겠는데. 왜 할아버지랑 할머니를 데려온 게 탁월한 판단이라는 거야?"

"멀린 님과 멜리다 님의 명성은 이 나라에선 그야말로 압도적이야. 그 두 분이 보호자로서 동행했다면 주위에서는 『왕자가 귀족의 저택을 방문했다』가 아니라, 『현자님과 도사님이 손자의 연구회 합숙을 위해 보호자로서 동행하셨다. 그중에는 왕자도 있다더라』로 받아들일 테니까."

내용은 동일해도 주위에서 받아들이는 인상이 완전히 다르다는 뜻인가. 그걸 계산해서 보호자를 자처한 걸까?

그렇게 생각하고 할아버지와 할머니를 쳐다보자 동시에 시선을 피했다.

……완전히 우연이었구만.

그 후에 다른 멤버들도 자기소개를 했고 오늘은 긴 여행의 피로를 푸는 의미에서 느긋하게 온천을 즐기기로 했다. 연구회 활동은 내일부터 개시할 예정이다.

시실리는 아직 얼굴이 빨갰지만 간신히 부활했는지 여자들을 방과 온천으로 데려갔다.

우리 남자들은 고령의 메이드에게 안내를 받았다.

방은 각자 개인실을 배정받았고 할아버지와 할머니만 한 방을 쓰게 됐다.

그리고 드디어 온천.

사실 평범하게 욕실이나 공중목욕탕이 있는 이 세계에서 목욕이라는 건 그다지 특이한 개념도 아니었다. 게다가 육체 연령이 낮아서 그런지 온천욕으로 피로를 풀고 싶다는 욕구도 적었다.

하지만 할아버지와 할머니를 한 번쯤 온천에 데려오고 싶었으니 그런 의미에서는 기뻤다.

온천은 저택 안에도 연결되어 있으므로 이 저택에서는 평범한 목욕이 온천욕인 셈이었다. 이렇게 사치스러울 수가! 이것도 온천 도시의 특권일까?

저택은 손님을 맞이할 때가 많은지 온천은 성별로 공간이 나뉘어 있었다. 참으로 온천 도시다웠다.

그리고 다 같이 알몸으로 욕실에 들어가자—.

"넓어!"

우리 집 욕실도 충분히 넓은 편이라고 생각했는데 여긴 그 이상이었다.

그런 게 남녀별로 두 곳이나…… 클로드 자작가, 진심이구나!

"호오, 이건 굉장하군."

"전 이런 굉장한 욕실은 처음임다!"

"소인의 저택에 있는 욕실보다도 크구려."

"우리 집은 비교조차 할 수 없겠는걸요."

"그렇게 따지면 우리 집은 공중목욕탕을 이용하고 있는데 말이지……."

토니의 가족은 공중목욕탕인가. 하긴, 딱히 특이한 일은 아니었다. 오히려 자택에 욕실이 있는 쪽이 더 드물다.

뭐, 마크네 집은 공방을 하고 있으니 직접 만든 거겠지만…….

그리고 가장 중요한 할아버지는 만족스러운 표정이었다.

"이건 굉장하군. 이런 온천에 들어갈 수 있을 거라곤 생각도 못 했는데 말이다."

그리고 기쁜 듯 얼굴 한가득 미소를 지으며 몸을 씻고 온천에 몸을 담갔다.

"하~ 시원하구나……."

"흐이~ 기분 좋다……."

마차로 오래 이동하느라 의외로 피로가 쌓인 건지, 몸에서 그 피로가 빠져나가는 듯한 착각이 들었다. 그리고 그건 다들 마찬가지인 모양이었다.

"후우…… 이거 좋군……."

"그러네요……."

"기분 좋소이다……."

"전 왠지 잠이 옴다……."

"잠들었다간 죽을걸?"

각자 온천을 만끽하는 듯했다.

한동안 그렇게 가만히 있자 할아버지가 천천히 말을 꺼냈다.

"다들, 신과 어울려줘서 고맙구나."

"예? 현자님?"

"이 아이는 줄곧 숲속에서 사느라 동년대의 친구 하나 없었지."

할아버지의 이야기에 모두가 귀를 기울였다.

"어릴 때부터 이상할 정도로 배우는 게 빠른 아이라 이것저것 가르치는 사이에 정신을 차리고 보니 어느덧 성인이 되어 있더구나."

응? 정신을 차리고 보니?

"그 사실을 자각한 후부터는 이 아이에게 참 미안해서…… 어떻게든 학교에 가서 친구를 만들어줬으면 싶었지."

그런가. 소란이 벌어질 걸 뻔히 알면서도 왕도에 같이 와준 건 미안함 때문이었던 건가…….

"그래선지 입학하자마자 이렇게 마음을 터놓을 수 있는

친구가 생긴 게 나는 참으로 기쁜 게다. 다들, 고맙구나."

할아버지는 그렇게 말하더니 모두에게 고개를 숙였다.

"고개를 들어주세요, 멀린 님. 오히려 감사와 사죄의 말씀을 드려야 하는 건 저입니다."

하지만 오그는 그렇게 대답했다.

"전 이 나라의 제1왕자입니다. 대등한 친구는 한 명도 없었고, 입장상 어쩔 수 없다고 포기하고 있었습니다. 하지만 신은 그런 저를 마치 사촌 같다고 말하면서 대등하게 대해 주더군요. 그건 저에게 예상하지도 못한 기쁜 경험이었습니다."

호오, 오그의 본심은 처음 들었다.

"그리고 현재는, 신의 호의에 기대서 이번 사태에 대처하기 위한 전력을 만들려 하고 있습니다. 그것이 위험한 일이라는 것을, 신이 말려들게 될 것을 뻔히 알고 있으면서 말입니다. 전 그래서 신을 지키려 하는 멀린 님과 멜리다 님께 늘 죄송한 마음을 가지고 있었습니다……."

오히려 언제나 내가 제멋대로 저지른 일의 뒤처리를 시키는 것 같아서 미안하게 생각하고 있었는데…….

"허허, 그건 신경 쓰지 않아도 된다. 디세움에게 들었느니라. 결코 그 전력을 왕국의 사욕을 위해 쓰지 않겠다고, 사태가 정리된 후에는 세계 평화를 위해서만 쓰겠다고 말이다."

디세움 아저씨의 귀까지 들어간 건가. 정말로 국가 프로젝트가 된 모양이었다.

"오히려 그렇게까지 신경 쓰게 해서 미안하다. 그래도 될 수 있으면 신과 지금까지와 다름없는 친구로 지내줬으면 좋겠구나."

"그야 물론입니다. 저에게도 처음으로 생긴 허울 없는 친구…… 아니, 사촌 형제니까요."

그 말을 들은 다른 애들도 고개를 끄덕였다.

"월포드 군에게는 저랑 아빠도 잔뜩 신세를 졌습다. 저야말로 월포드 군만 괜찮다면 계속 친구로 있어 줬음 좋겠습다."

마크는 집에서 경영하는 빈 공방에 새로운 일거리가 늘어난 것이 기뻤는지 나에게 고마워했다.

"신 님과 함께 있다 보면 어처구니가 없을 때도 많지만 즐거울 때도 많으니까요. 저야말로 잘 부탁드립니다."

토르는 나와 함께 있는 것이 즐겁다고 말해주었다. 그러고 보니 요즘 들어서 사양하지 않고 태클을 거는 건 거리가 가까워져서 그랬던 거였나?

"소인도 동감하오. 특히 소인은 다른 귀족들에게 기이한 시선을 받는 경우가 많소이다만, 신 님은 지극히 평범하게 대해주시더구려. 소인은 그게 무척 기뻤소이다."

역시 율리우스는 특이한 존재였구나. 보고 있으면 재미있는데 말이지.

"맞아. 나 때도 색안경을 끼고 보기는커녕 좀 경박해 보인다는 소리밖에 안 하던걸. 난 여자도 좋아하지만 동성 친구가 생긴 것도 기뻤어."

사실 토니보다 경박한 지인이 있어서 그런 건데……. 그 사람에 비하면 토니는 아직 귀여운 축에 드니까 말이다.

다들 나와 친구가 되길 잘했다고 말해주었다.

"그래? 난 잘되라고 한 일이 결과적으로 너희들을 성가신 일에 말려들게 한 것 같아서 미안하게 생각하고 있었는데……."

"잘되라고 한 거잖습니까? 그러니 불평이 나올 리가 없지요. 오히려 일반인이었던 저희들을 세계를 구하는 집단으로 끌어올려 주신 점에는 감사하고 있습니다."

"어, 그런 거야?"

"역시 저도 남자니까요. 영웅이 되고 싶다는 소망은 어느 정도 있었습니다."

토르의 그 말에 다들 고개를 끄덕였다.

"뭐, 토르는 남자라기보다 소년이라는 느낌이지만."

"그건 언급하지 마세요! 꽤 신경 쓰고 있는 거니까요!"

다들 내 너스레에 웃어주었다. 정말 난 친구 복이 많구나.

"할아버지."

"왜 그러느냐"

"난 할아버지가 날 줄곧 단련시켜준 걸 감사하고 있어. 도중에 도시로 나왔다면 아마 지금처럼 되진 못했을 테니까. 그러니까 너무 신경 쓰지 마. 그 덕분에 이렇게 친구도 잔뜩 생겼는걸."

"신⋯⋯."

"고마워, 할아버지."

"흑⋯⋯."

아, 또 할아버지를 울려 버렸네.

멀린이 연구회 남학생들에게 고마움을 표하다가 오히려 신에게 감사의 말을 듣고 감격해서 울고 있을 무렵, 여탕은 어떤 상황이었을까.

"와⋯⋯ 멜리다 님, 굉장해⋯⋯."

"진짜⋯⋯ 이런 말씀을 드리는 건 실례지만, 분명 예순을 넘으셨었죠?"

"이제 곧 칠순이지."

"그런데 이 몸매⋯⋯ 반칙이야~!"

탈의실에서 옷을 벗던 여학생들은 멜리다의 몸을 보고 경악했다.

이제 곧 칠순이 가까운 나이임에도 신체 밸런스가 전혀 무너지지 않았기 때문이다.

여학생들은 멜리다가 몸매를 유지하는 비결에 큰 관심을 보이다가 문득 자신의 몸을 돌아보고 현실의 불합리함에 좌절했다.

하지만 당사자인 멜리다는 그런 반응에 전혀 개의치 않고 온천을 만끽했다.

"아아…… 뼛속까지 스며드는 기분인걸."

"맞아요오……. 의외로 피로가 쌓였던 모양이네요~."

"후훗, 기뻐해 주셔서 다행이에요."

"이거 좋다~. 최고~."

여성진도 긴 여행의 피로와 멜리다라는 보호자의 존재 때문인지 크게 소란스럽지는 않았다.

그리고 잠시 목욕을 즐기다가 역시 또 멜리다에게 관심을 보였다.

무슨 일이 있어도 듣고 싶은 마리아부터 질문했다.

"멜리다 님은 평소에 어떻게 관리하세요?"

"응? 아니, 이렇다 할 건 딱히…… 아, 그러고 보니 신이 몸을 움직이는 편이 좋다고 해서 집에 있는 기구로 운동을 좀 하기는 해."

"기구요?"

"그 애는 터무니없는 물건만 만들지만, 가끔 나도 억 소리가 나오는 편리한 물건도 만드니까 말이다."

"예? 그렇다는 건 마도구를 말씀하시는 건가요?"

"그래. 마력을 두르고 기구를 건드리면 작동하는 방식이지. 자동으로 움직이는 벨트 위에서 걷거나 뛰는 기구라든가, 서서히 무거워지는 기구 같은 건데 각각 자연 치유력 강화 마법이 부여되어 있어서 효과가 즉시 나타난단다."

"효과가 즉시?!"

"그게 정말인가요?!"

"그래. 원리는 모르겠지만 말이지. 덕분에 제법 체력과 근력이 붙었으니 이대로라면 넉넉히 150살까지 살 수 있을 것 같구나."

멜리다가 그렇게 말하며 웃었지만 여학생들은 진지한 표정을 지었다.

특히 앨리스와 린이······.

"멜리다 님! 그, 그 기구를 써볼 수 없을까요?"

"저도 써보고 싶어요."

멜리다는 그렇게 말한 두 사람의 몸을 쳐다보고 절망적인 말을 남겼다.

"상관은 없지만, 신체를 단련한다고 가슴은 안 커질 거다."

"예?"

"그래요?"

"오히려 몸을 지나치게 움직이면 가슴이 더 작아질걸?"

"헉?!"

"그, 그럴 수가······!"

두 사람은 멜리다의 말에 절망했다.

"가슴이라면 오히려 거기 있는 두 사람에게 물어보는 편이 낫지 않겠니?"

""예?""

멜리다는 시선으로 시실리와 유리를 가리켰다.

둘 다 또래 여자들의 평균보다 큰 물건을 가지고 있었다.

"후와아…… 다시 보니까……."

"굉장해……."

앨리스와 린의 시선이 시실리와 유리의 가슴에 못 박혔다.

"그, 그 정도는 아니……죠?"

"마, 맞아~. 두 사람도 조만간……."

"하앙!"

시실리가 유리에게 시선을 돌린 순간, 앨리스와 린이 그녀의 뒤로 접근해서 가슴을 움켜잡았다.

"오오! 이건 굉장해! 나도 이런 예쁜 가슴을 가지고 싶어!"

"앗! 애, 앨리스 양…… 으응! 거, 거긴!"

두 사람이 부럽다고 말하면서 가슴을 주무르는 바람에 시실리는 절로 요염한 신음이 새어나오는 것을 억누르지 못했다.

"시실리는 감도도 양호."

"아흑! 린 양까지!"

앨리스와 린은 동시에 시실리의 가슴을 마구 주물러댔다.

"이렇게 크고 부드럽다니…… 좋겠다."

"뭐야? 그렇게 부드러워?"

앨리스가 시실리의 가슴을 주무르면서 부러워하자 이번에는 마리아가 참전했다.

그녀의 가슴 사이즈는 평균이었지만 시실리가 더 큰 것에 약간 콤플렉스를 가지고 있었다.

"어디…… 나도 주물러보자~!"

"꺄악! 마리아까지! 아, 앗, 이제 그만…… 아앙!"

"헉! 어느 틈에 이렇게까지……"

"그치? 사이즈도 크고 모양도 예뻐. 엄~청 부럽다구!"

"감도도 좋아."

마리아는 오랜만에 만진 시실리의 가슴이 성장한 것에 놀라움을 금하지 못했고, 앨리스는 어쨌든 부러워했으며, 린은 계속 감도에 집착했다.

"아, 앗, 그, 그만…… 아……아아앙!"

세 사람이 계속 가슴을 품평하면서 주물러대자, 이윽고 시실리는 온몸에서 힘이 빠져나간 것처럼 축 늘어졌다.

유리와 올리비아는 서로 몸을 기댄 채 그 광경을 떨면서 지켜보았다.

"좀 지나쳤나?"

그렇게 반성한 마리아는 다시 이야기를 들으려고 멜리다에게 몸을 돌렸다.

"멜리다 님. 조금 전에 몸을 지나치게 움직이면 가슴이 작아진다는 건 결국 무슨 뜻인가요?"

"아, 이건 신이 한 말이다만 몸을 움직이면 지방이 연소하잖니?"

"예."

"그렇죠."

"여기 붙은 살이……."

다들 다른 화제에 관심을 보였다.

"가슴도 지방으로 되어 있으니까 몸을, 특히 전신을 쓰는 운동을 지나치게 하면 가슴의 지방까지 줄어든다고 하더구나."

"아, 그런 건가요?"

"그렇다는 건…… 적절한 양의 운동이라면 저도 멜리다 님 같은 굉장한 몸매가 될 수 있다는 거네요!"

역시 여성에게 지방의 제거는 영원한 숙제인 모양이었다.

"그건 그렇고…… 신은 어떻게 그런 정보를 알고 있는 걸까요?"

"마, 맞아요……. 마법을 쓰는 순간의 이미지를 배울 때도 그랬지만…… 정말로, 여러 방면으로 지식이…… 풍부한 것 같더라구요……."

마리아와 겨우 부활했지만 숨이 거친 시실리가 멜리다에게 질문했다.

"흠…… 멀린도 말했지만 모든 일에 의문과 관심을 가지는 아이였으니 말이다. 왜 불이 타오르는 걸까? 왜 바람이 부는 걸까? 물은 어떻게 생기는 걸까? 왜 물은 얼음이 되는 걸까? 몸은 무엇으로 구성된 걸까? 어떤 원리로 움직이는 걸까? 그런 일상적인 의문들을 그 아이 나름대로 끊임없이 탐구했던 거겠지.”

멜리다는 과거를 그리워하는 말투로 말했다.

“신은 다섯 살쯤부터 숲 속에서 사냥을 하고 다녔단다.”

“다, 다섯?!”

“그건 못 믿겠어요오~.”

“사실이니까 포기하렴. 나도 처음에는 깜짝 놀랐지 뭐니. 어느 날 신이 안 보여서 멀린에게 물어봤더니…… 숲에 사냥하러 갔다잖아? 그때는 나도 모르게 멀린의 목을 졸라 버렸지.”

“하, 하하…….”

그 광경이 눈앞에 선명하게 떠오른 여학생들은 쓴웃음을 흘렸다.

“어릴 때부터 이상할 정도로 배우는 게 빠른 애긴 했지만, 아무래도 걱정이 돼서 찾으러 갈까 했더니 때마침 집으로 돌아오더구나.”

멜리다는 여학생들을 둘러보면서 말했다.

“사냥한 새와 토끼와…… 사슴을 가지고.”

“사슴?!”

“다섯 살 때 사슴을요?!”

“하아…… 신 군은 굉장해요…….”

"거짓말~."

"굉장해. 과연 월포드 군."

손자를 칭찬받은 멜리다는 약간 자랑스러워했다.

"당시에는 나도 깜짝 놀랐단다. 더구나 그것들을 이공간에서 꺼내는 걸 보고 더 놀랐지."

다섯 살 때부터 이공간 수납 마법을 쓸 줄 알았다는 말을 듣고 다들 할 말을 잃었다.

멜리다는 그런 그녀들의 표정을 바라보면서 이야기를 계속했다.

"이 정도로 사냥할 수 있으면 이젠 괜찮지 않을까 싶더구나. 그래서 낮에는 주로 사냥을 하러 나갔는데…… 거기서 이런저런 실험을 한 건지…… 깨닫고 보니 어느새 이런 상황이……."

멜리다는 신을 자유롭게 내버려둔 것을 약간 후회하면서 탄식했다. 전에 신에게 자유를 주면 사고를 친다고 발언했던 건 전부 이런 경험이 있었기 때문이다.

한편으로 여학생들은 신의 이상한 마법들이 숲속에서 혼자 실험을 하고 놀면서 터득한 것이라고 이해했다.

비교할 만한 사람이 없다 보니 자신이 얼마나 이상한지 깨닫지 못한 것이리라고…….

"멀린 님께선 모르셨던 건가요?"

"그 원조 무(無)자중 남자 말이니? 깨닫기는커녕 신이 마법을 배우는 족족 터득해버리니까 신나서 가르치더구나. 따지고 보면 원흉은 틀림없이 그 영감탱이야."

세간에서는 현자라고 불리며 만인의 존경을 받는 인물의 예상치 못한 일면에 다들 쓴웃음을 흘릴 수밖에 없었다.

"하지만 그 덕분에 이 사태에 대응할 수 있으니 결과적으로는 잘된 일인 것 같아요."

"그래. 설마 이런 짓을 저지르는 인간이 나올 줄은 꿈에도 몰랐으니까 말이다."

"그러니까 멜리다 님도 너무 신경 쓰시지 마세요. 신 군은 분명 세계를 구할 영웅이 될 테니까요."

그 말에 멜리다는 시실리를 지그시 쳐다보았다.

"너, 역시 좋은 애구나. 앞으로도 신을 잘 부탁하마. 만약 그 애가 길을 잘못 들면 바로 잡아주렴."

"예! 맡겨주세요!"

시실리도 멜리다에게 자신 있게 대답했다.

"그러고 보니, 신 군은 치유 마법도 대단하던데 이것도 혼자 익힌 건가요?"

"숲에서 사냥한 마물을 직접 해체하면서 생물의 신체 구조를 조사한 거겠지."

멜리다는 신이 처음부터 인간의 구조를 알고 있을 줄은 꿈에도 몰랐다. 그래선지 그럴싸한 이유를 떠올리고 납득했다.

"그건 그렇고 신의 마법이 이상한 이유를 이제 좀 알 것 같네."

"혼자서 놀면서 익혔다니…… 좀 불쌍한 이유였지만."

"그래서 그렇게까지 우리 몸을 걱정해준 걸까. 친구가 전혀 없었으니까……."

다들 신의 마법이 독특한 이유와 친구들에게 보이는 이상할 정도의 배려심을 그런 식으로 받아들였다.

"그래서 난 너희들에게 감사하고 있단다."

"멜리다 님?"

"그 아이는 동년배의 친구가 없었지. 주위에 있는 건 늘 어른들뿐이었으니까. 신은 우리가 있어서 쓸쓸하지 않았다고 했지만, 너희와 함께 있는 모습을 보면…… 역시 친구가 필요했다는 걸 절실히 느끼고 있단다."

성인이 될 때까지 숲속에서 외롭게 키운 걸 후회한다는 멜리다의 고백을 전원이 입을 다물고 들었다.

"그래서 난 지금 이렇게 너희가 신의 친구가 되어준 게 기쁘단다. ……정말 고맙구나."

그리고 멜리다는 고개를 숙였다.

"멜리다 님, 고개를 들어주세요. 저야말로 신 군을 만나서 정말 다행이라고 생각하는걸요."

"맞아요, 오히려 신이랑 친구가 되길 잘한 건 저희들 쪽인걸요."

"응. 초 럭키."

"린 양. 럭키라니……."

"하지만 그 말이 맞는걸요~. 오히려 윌포드 군과 친해져서 득을 본 건 저희들이잖아요~."

"맞아! 맞아!"

"너희들······."

여학생들의 말에 멜리다는 더 고마워했다. 그리고 자신의 마음을 표현하기 위해 어떤 제안을 했다.

"좋아! 사실 이번 합숙 때는 보호자 역할에만 충실하고 참견은 안 할 셈이었다만 우리도 너희의 훈련을 도와주마!"

"예에?! 멜리다 님과 멀린 님께서요?!"

"진짜요?!"

"그래. 그 대신 엄하게 할 테니까 각오해두렴."

""예!""

"바라던 바."

"후훗, 즐거워질 것 같구나."

멜리다는 즐거운 듯이 웃었고 여학생들은 약간의 불안과 큰 기대감을 품었다.

욕실에서 나온 연구회 멤버들은 묘하게 만족스러운 표정이었다.

할아버지의 이야기에 감명을 받은 모양이다.

화제가 외톨이었던 내 친구가 되어줘서 고맙다는 내용이었던 게 좀 미묘한 기분이지만…….

그리고 여성진도 같은 타이밍에 욕실에서 나왔다.

이쪽은 묘하게 속 시원한 표정이었다. 그리고 내 얼굴을 다정한 눈길로 쳐다보았다.

응? 뭐지?

그리고 준비된 음식을 먹는 도중에 할머니가 이번 합숙에 참가하겠다는 말을 꺼냈다.

"아, 맞아. 아까 욕실에서 결정한 일인데. 원래 이번 합숙에서 보호자 역할에만 전념할 생각이었다만, 우리도 너희들의 훈련을 도와주마."

"예? 정말로요?"

"멀린 님과 멜리다 님의 가르침을 받을 수 있는 건가요?"

여학생들은 이미 알고 있었던 사실인지 다들 차분했지만 이 이야기를 처음 들은 남학생들은 크게 들떴다.

"어? 그래도 돼? 할아버지."

"허허…… 나도 처음 들었구나……."

할머니의 단독 결정인 모양이었다.

"뭐, 신은 지금처럼 마법을 이미지하는 법을 가르쳐주렴. 영감은 마력 제어를, 나는 부여 마법을 가르쳐주마."

"우와~! 꿈만 같아요오~!"

부여 마법을 배우고 싶다고 했던 유리가 아주 신이 났다.

이것도 보기 드문 광경이었다. 평소에는 얌전한 편이니까.

"그럼 난 비는 시간이 생길 테니까…… 새로운 마법 실험이라도 해볼까."

내가 그렇게 말하자 모두의 움직임이 딱 멈췄다.

"……잠깐 기다리렴, 신."

"왜? 할머니."

"왜는 무슨! 지금 도저히 흘려들을 수 없는 말을 했지?"

"새로운 마법이라고……."

"실험이라니……."

"저기요! 할 때는 미리 말씀해주세요! 저희가 피난 가게요!"

올리비아가 웬일로 앞으로 나섰다. 약간 겁에 질린 표정으로…….

"어……. 뭐야, 이 반응은……."

"너…… 새로운 마법? 대체 무슨 짓을 하려고?"

오그는 날 추궁했다.

"아니…… 슈투름을 쓰러트리려면 새로운 마법이 필요할 것 같아서……."

그때 완전히 해치우지 못한 탓에 이런 혼란을 초래한 셈이었다. 그러니 다음에는 확실히 숨통을 끊어놓고 싶었다.

"……뭐랄까, 듣기만 했는데도 위험한 기분이 드는 건 나 혼자뿐인가?"

"아닙니다, 전하. 저도 마찬가지입니다."

"저도요."

"나도! 위험한 냄새가 풀풀 풍기는걸!"

……자세한 설명도 안 했는데, 새로운 마법이라는 말밖에 안 했는데 이런 반응이라니……. 슬슬 울어도 괜찮을까요?

"좀 물어보자. 그건 위험한 일이니?"

"위험하지는 않아. ……적어도 나한테는……."

"즉…… 주위는 위험하다는 뜻이지?"

"아니…… 뭐…… 일단은 공격 마법이니까 공격 대상은……."

"……하긴 그렇겠지. 그래서? 위력은 대체 어느 정돈데?"

"글쎄? 그걸 실험해보려고 하는 건데……."

나는 어떻게든 마법 실험을 해도 괜찮다는 허락을 받아보려고 애원했다.

"하아…… 신, 잘 들으렴. 실험은 반드시 그 황야에서만 하고, 하기 전에는 주위에 먼저 말을 하렴."

"당연하지. 그럼 해도 돼?"

"정말 괜찮은 건 맞아? 네가 마법을 쓴 순간 세계가 멸망하는 건 아니겠지?"

"아니…… 아무리 나라도 그런 마법을 쓸 생각은 없는데……."

할머니는 대체 날 뭐라고 생각하는 걸까? 난 파괴신이 아니라고!

이렇게 해서 난 할머니의 당부와 함께 새로운 마법의 실험 허가를 받았다.

멤버들이 할아버지와 할머니의 지도를 받는 동안에 할 생각이었다.

사실 할아버지와 모두의 마법을 보다가 뭔가 떠오른 게 있었다.

내 상상대로라면 조금 재미있는 일이 벌어질지도 모르겠다. 한시라도 빨리 실험해보고 싶었다.

"신 군……. 역시 좀 자중하는 편이 좋을 것 같은데요……."

"시실리? 왜 그래?"

"저기…… 굉장히 기뻐하시는 표정을 보니까…… 뭐랄까 좀……."

"역시 걱정돼."

"하아…… 정말 괜찮으려나……."

어? 내가 그런 표정을 지었어? 마침내 시도해볼 수 있는 순간이 와서 기뻤던 걸지도…….

어쨌든 내일 훈련 일정을 정했다.

오전 중에는 할아버지의 감독하에 마력 제어 연습. 오후부터는 나와 마법 연습. 초저녁부터 저녁 식사를 먹기 전까지는 할머니에게 부여 마법 강의를 받고 나는 마법 실험을 하기로 했다.

다만, 내가 마법 실험을 할 때는 반드시 할아버지가 보는 앞에서 해야 한다는 조건이 붙었다.

이유는 만약의 상황이 벌어졌을 때를 대비해서다.

뭐, 처음 쓰는 마법이니까 다들 불안한 건 이해하겠지만—.

"걱정이 좀 지나친 거 아냐?"

"네가 지금까지 저지른 짓을 떠올려 보시지."

……나는 입을 다물 수밖에 없었다.

그날 밤은 긴 여행 후에 느긋하게 온천을 즐긴 덕분인지 푹 잤다.

다음 날 아침.

아침 식사를 하러 나온 일행들도 하나같이 개운한 얼굴이었다. 역시 온천이 효과가 있었나 보다. 합숙 장소로는 정말로 최고였다.

모두가 그 사실을 시실리와 고용인들에게 전하자 무척 기뻐했다. 역시 사는 곳을 칭찬하면 나쁜 기분은 들지 않는 모양이었다.

그리고 어제 정했던 대로 오전 중에는 다 같이 마력 제어 연습을 했다.

역시 할아버지의 지도는 적확했다.

"토르 군. 제어가 약간 흐트러졌네만."

"예!"

"시실리 양. 지금으로도 충분하니까 조금 더 마력을 늘려 보게."

"예!"

"린 양! 그건 너무 많이 모았어! 그러다 폭주하겠구만!"

"어라? 실수했네."

아슬아슬했던 린도 할아버지의 지적 덕분에 간신히 폭주를 면했다. 워낙 자주 폭주를 일으키다 보니 평소에 잘 지켜보면서 마력 장벽을 펼치는 타이밍을 맞추지 못하면 주위를 말려들게 할 가능성이 큰 사고뭉치였다.

그런 점에서 과연 할아버지는 아슬아슬한 경계를 파악하는 것이 능숙했다.

다들 이날 오전 연습만으로도 제어할 수 있는 마력양이 조금 늘어났다.

그리고 점심 후에는 내가 감독하는 마법 실습 시간이 찾아왔다.

여기서도 새로운 마법의 힌트를 얻었다.

다들 내가 이미지하는 과정을 대충 이해해서 따라 하자 마법이 성공했다고 말했다.

그래. 『대충』이다.

엄밀히 따져서 이런 『물질』이 이런 『반응』을 일으켜서 이런 『결과』를 얻을 수 있다는 걸 이미지하지 않았는데도 말이다.

그렇다면 훨씬 더 모호한 이미지라도, 물리적으로 불가능에 가까운 현상이라도 이미지에 따라서 실현 가능한 게 아닐까 하는 생각이 들었다.

예를 들면 『가연성 가스』라는 모호한 이미지만으로도 마

법을 발동할 수 있지 않을까?

애당초 난 학생 때 과학을 그다지 잘하는 편이 아니었다. 하지만 지금까지 마법은 내가 이미지한 대로 충실하게 재현되었다.

그렇다는 건 지금까지도 이런 『현상』이 적용되고 있었던 게 아닐까?

나는 친구들의 연습을 지켜보면서 이 가설에 확신을 가지기 시작했다.

마리아가 산소를 태워서 불꽃을 날렸다. 하지만 그녀는 연소의 원리를 완전히 이해한 건 아니었다.

시실리는 물을 얼려서 얼음 칼날을 날렸다. 하지만 그녀도 물의 분자구조나 얼었을 때의 분자배열을 이해하고 있는 건 아니었다.

린도 수많은 바람의 칼날을 생성했지만 현상의 법칙을 엄밀하게 이해하고 있는 건 아니었다.

다들 모호하게나마 이해한 것뿐인데도 지금까지보다 훨씬 더 강력한 마법을 쓰고 있었다.

역시 내 가설은 틀리지 않았다는 생각이 들었다.

그런 우리의 연습 풍경을 할머니만 어이가 없는 표정으로 지켜보고 있었다.

"용케도 이런 마법을 무영창으로 펑펑 써대는구나……. 마법사단이 나설 곳이 없겠어."

"그래도 아직 마인을 상대하는 건 어려울걸?"

"나 원 참…… 정말로 세계의 위기가 온 게 맞나 보구나."

난 학생들의 마법 수준밖에 모른다. 하지만 이 정도로 마인을 상대하는 건 어려우리라 판단했다. 일반적인 마법사들이 이 정도 수준에 도달하지 못했다면 상당히 험난한 상황일 것이다.

구 제국령에서 마인이 날뛰는 것을 손가락 물고 지켜볼 수밖에 없는 것도 납득이 갔다.

마인 한 명조차 상대하지 못하는 게 아닐까?

마물이 설치고 있는 구 제국령에서 아직 무사한 마을과 도시에 피난 지시를 내리는 건 불가능했다. 아니, 그 전에 거기까지 가는 것조차 무리였다.

생각할수록 절망적인 상황이었다.

전력 상승을 위해서라도, 그 무엇보다 앞으로 최전선에 나서게 될 친구들을 위해서라도 이 합숙에서 최대한 강하게 만들어줄 필요가 있었다.

실습이 끝난 후에는 잠시 휴식 시간을 가진 뒤에 드디어 새로운 마법을 실험할 시간이 찾아왔다.

다들 긴장한 얼굴로 날 쳐다봤지만…… 이건 어디까지나 실험이니까 처음부터 강력한 마법을 쓸 생각은 없었다.

나는 먼저 잘 타는 가연성 가스를 이미지했다. 거기에 불씨의 마법으로 불을 붙이자—

마치 매지션의 마술처럼 불꽃이 단숨에 타오르다가 꺼졌다.

이건 성공할 수 있을 것 같다!

"그게 새로운 마법이니?"

"아니, 먼저 확인 좀 해본 것뿐이야."

자, 그럼 이제부터 진짜다. 뭐, 순서대로 차근차근 시험해볼 예정이지만 말이다.

내가 시도하는 건『폭발』마법이었다.

먼저 공기로 구슬을 만들어서 아까 이미지한 가스를 안에 투입했다.

밀폐 공간에 가득 찬 가스가 인화하면서 단숨에 팽창했다. 밀폐된 탓에 빠져나갈 곳이 없는 가스가 공기 막을 터트리자—.

펑!

지금까지도 난 이런 원리로 폭발 마법을 사용했다. 그리고 이번에는 지금까지 쓴 것보다 훨씬 더 작은 크기의 가스 구슬을 만들었는데도 지금까지보다 강한 폭발이 일어났다.

주위를 둘러보자 다들 의아한 표정을 짓고 있었다. 아직 실험의 사전 준비 단계라 그런 거겠지.

자, 그럼 다음 차례로 넘어가자. 이번에는 드디어 물리법칙을 무시한 이미지로 마법을 발현해보기로 했다.

내가 이미지한 것은『지향성(指向性)』.

조금 전과 마찬가지로 가스 구슬을 만들어서 여기에 지향성 충격파가 발생하도록 이미지했다.

그리고—.

펑!

해냈다! 성공이다!

폭발한 충격파는 내 쪽으로 오지 않고 앞쪽에만 폭발 에너지를 방출했다.

좋아! 이걸로 준비는 끝이다.

"모두들, 아마 괜찮을 거라고 생각하지만 일단 마력 장벽을 펼쳐둬. 만에 하나의 경우가 있을지도 모르니까."

내가 그렇게 말하자 다들 황급히 전력으로 마력 장벽을 전개했다.

아마 괜찮을 거라고 말했는데…….

나에 대한 신용도가 바닥을 기는 것을 확인하고 약간의 쓸쓸함을 느끼면서 마법 준비를 진행했다.

먼저…… 가스를 모아서 압축. 더, 더, 더 압축. 압축. 압축.

밀폐 공간을 만드는 공기 벽도 약간 두껍게 해서 더욱더 큰 폭발 에너지가 발생하도록 준비했다.

그리고 마지막으로 지향성 충격파를 이미지해서 마법을 발동했다.

착탄과 동시에 가스가 인화했다.

그리고…….

콰아아아아아아아아아아아아아아아아아아아앙!

내 마법은 터무니없는 대폭발을 일으켰다.

지향성을 갖게 한 덕분에 충격파는 내 쪽으로 전혀 오지 않았다.

그리고 폭심지의 전방은…….

"신…… 너…… 대체 무슨 마법을 만들어낸 거니……."

"이건…… 지형이……."

"아……아하하하…… 내가 지금 꿈을 꾸는 걸까?"

"꿈이 아니야. 현실."

"거짓말이지?! 조금 전이랑 풍경이 완전히 딴판이잖아!"

"믿을 수가 없다……."

조금 전까지 존재했던 광활한 황야의 풍경이 단숨에 깔끔하게 정리된 평지로 바뀌어 있었다.

응.

도가 지나쳤다!

폭발의 규모가 내가 예상했던 것보다 훨씬 더 강력했다.

여기서 실험해보길 잘했어!

"신, 이게 대체 어떻게 된 거니!"

"확실히…… 터지는 방식이 기묘하더군."

"폭심지 건너편은 싹 날아갔는데 이쪽에는 전혀 영향이 없다니, 대체 어떤 원리죠?"

다들 내가 방금 쓴 마법에 대해 질문을 던졌다.

"아, 힌트가 된 건 합동 훈련 첫날에 마물 집단을 폭발 마법으로 날려버렸던 거였어."

"아, 그거……."

"그땐 진심으로 걱정했어요. 술자 자신이 장벽을 전개해야 할 정도의 엄청난 폭발이었으니까요. 그에 비하면 좀 떨어지지만……."

그건 실패였다.

삼림을 파괴한 것도 그렇지만 서둘러서 마력 장벽을 전개하지 않았다면 나까지 폭발에 말려들 뻔했으니까 말이다.

"맞아. 마력 장벽이 없으면 나까지 폭발에 말려들었을 테니까 마법으로선 미완성이라고 생각했어. 그래서 어떻게든 그 문제점을 보완하고 싶었던 거야."

나는 이 마법을 고안한 계기를 설명했다.

"폭발 마법을 쓴 후에 장벽을 전개한 건 충격파가 원형으로 퍼졌기 때문이잖아?"

"뭐, 폭풍이란 건 원래 그런 거니까."

"그럼 그 폭풍을 일정한 방향으로 향하게 하면 충격파가 이쪽으로 오지 않을 테니 장벽을 전개할 필요가 없잖아?"

"……그런 발상은 없었어."

"그런 이미지를 부여했다는 거네."

"전 그 이미지 자체를 잘 모르겠는데요……."

"뭐, 마법의 취지는 이해했다만 이 위력은 대체 어떻게 된 거니!"

"아니, 그게…… 나도 설마 이 정도일 줄은 예상하지 못했다고 할까, 뭐랄까……."

"이 바보가! 잘 들으렴. 앞으로는 새로운 발상이 떠올라도 절대로 즉흥적으로 쓰지 말 것! 반드시 여기서 실험한 다음에 써!"

"으, 응……."

할머니가 엄청나게 화를 냈다.

"그건 그렇고…… 예상보다 위력이 강해진 건 폭풍에 지향성을 부여한 것과 관계가 있는 걸까요?"

"아, 그건 일리 있을지도. 원래 이쪽으로 와야 할 폭풍이 전부 다른 쪽으로 쏠린 셈이니까."

나는 토르의 고찰에 절로 고개를 끄덕였다. 그렇군. 확실히 그랬을지도 모르겠다.

"하아…… 여전히 네 마법을 볼 때마다 수명이 줄어드는 것 같구나. 이건 무슨 짓을 저지를지 예상조차 할 수 없으니……."

"맞아요. 이렇게 온 힘을 다해서 마력 장벽을 펼친 건 처음이었어요."

그러고 보니 내가 만약을 위해 마력 장벽을 펼치라고 하자 방금 발언한 올리비아를 비롯한 모두가 전력으로 마력 장벽을 전개했었다.

"아마 괜찮을 거라고 했는데 그렇게까지 온 힘을 다해서 마력 장벽을 펼칠 건 없잖아!"

"네가 앞에 『아마』라는 추측을 붙였으니 당연히 온 힘을 다할 수밖에 없잖아!"

"저런 위력의 마법이 이쪽을 향했다면……."

"그걸로도 부족할 뻔했어!"

그런가. 사전 단계에서 성공했으니 『아마』라는 말을 붙이지 말 걸 그랬다.

"자, 그럼 신의 마법 실험은 이걸로 종료다. 이제 남은 건 멜리다 님의 부여 마법 강의다만…… 신."

"왜?"

"미안하지만 날 왕성까지 데려다주지 않겠어?"

"아, 정기 보고 말이지?"

이 합숙 중에는 왕성에서 멀리 떨어져 있으니 마인들의 정보를 받기가 곤란했다. 그래서 하루에 한 번 게이트로 왕성에 돌아가서 구 제국령의 상황을 확인하기로 한 것이다.

"너희는 멜리다 님의 강의를 받고 있어."

""예.""

"그럼 가자, 신."

이렇게 해서 나와 오그는 오늘 정기 보고를 하기 위해 게이트를 넘기로 했다.

목적지는 왕성의 문 근처에 있는 경비병 대기소였다.

갑자기 나타나면 경비병들이 놀랄 테니 먼저 방울을 던져

넣었다. 지금부터 그쪽으로 가겠다는 신호였다.

그리고 게이트를 넘자 대기하고 있던 경비병들과 마주쳤다.

그런데 어제와 이틀 전에는 평범하게 대해줬던 그들의 반응이 이상했다.

뭔가 난감해하는 분위기였다.

오그도 그 분위기를 눈치챘는지 경비병에게 물어보았다.

"뭐냐. 무슨 일이라도 있었나?"

"아, 아닙니다. 이걸 뭐라 말씀드려야 할지……"

"확실히 해. 무슨 일이냐. 마인들에게 무슨 움직임이라도 있었나?"

"아닙니다! 그쪽은 아무 일도 없었습니다!"

"그럼 대체 뭐야!"

오그가 약간 짜증을 낸 순간―.

"그건 제가 할 말이에요! 아우구스트 님!"

대기소 안쪽에서 젊은 여자가 나왔다.

누구지?

"에, 엘리자베트……"

"엘리자베트?"

"아, 전에 말한 적 있지? 내 약혼자다."

"오! 바로 그!"

전에 들은 오그의 약혼자가 바로 눈앞에 있었다.

"뭘 소곤거리시는 건가요?"

"아니, 아무것도 아니야."

"진짠가요?"

엘리자베트라고 불린 여성이 추궁하자 오그가 쩔쩔맸다. 이건 참 보기 드문 광경이었다.

"……뭐야? 왜 히죽거리는 거지?"

"응? 내가 언제?"

"방금 했잖아!"

"으응~? 그래?"

늘 오그에게 놀림당하는 쪽이라 이런 기회는 좀처럼 없었다. 내가 그렇게 생각하자 엘리자베트가 약간 짜증이 섞인 목소리로 말을 걸었다.

"잠깐만요! 왜 절 내버려 두고 두 분만 친하게 말씀을 나누시는 건가요!"

"아, 미안하다. 에리."

흐응, 평소에는 에리라고 부르는 건가.

"오그, 나도 소개 좀 해줘 봐."

"그래. 그녀는 엘리자베트. 엘리자베트 폰 코랄. 코랄 공작가의 영애다."

"처음 뵙겠어요. 영웅님의 손자이자 새로운 영웅인 신 월포드 씨. 전 코랄 공작가의 차녀이자 아우구스트 전하의 약혼자인 엘리자베트 폰 코랄이라고 해요. 앞으로 잘 부탁드리겠습니다."

그렇게 인사한 엘리자베트는 등까지 자란 플래티넘 블론드에 부드럽게 컬을 넣은 푸른 눈의 미소녀였다.

공작 영애라는 말을 듣고 드릴 머리를 기대한 건 비밀이다.

"정중한 인사에 감사드립니다. 제 이름은 신 월포드. 저야말로 잘 부탁드리지요."

나도 무난하게 인사했다. 그건 그렇고 공작 영애가 왜 이런 곳에 있는 거지?"

"그보다, 에리. 왜 네가 이런 곳에?"

오그도 똑같은 생각을 했는지 엘리자베트에게 질문했다.

"왜라니요! 학교가 장기 휴일에 들어가자마자 저와 메이를 내버려 둔 채 합숙을 떠나시다니요!"

"메이?"

"내 여동생."

아아! 그 고등 마법학원의 합격 발표 날에 오그와 같이 우리 집에 오고 싶다고 했는데도 떼놓고 왔다는 그 동생!

……그러고 보니 오그는 합격 발표장에 가는 거라 일부러 떼놓고 온 거라고 했으면서 그 후에도 평범하게 우리 집에 왔었다.

"야, 오그."

"왜?"

"분명 동생을 우리 집에 안 데려온 건 합격 발표를 보러 가는 것 때문이라고 했었지?"

"응."

"그런데 그다음에도 평범하게 놀러 왔었지?"

"응."

"그럼 왜 안 데려온 거야? 우리 할머니를 동경한다며?"

"그야 메이가 절망하는 얼굴이 재미있으니까."

"너무해!"

동생이 불쌍해!

"너무해요! 오라버니!"

내가 불쌍한 동생에게 동정하자 대기소 안쪽에서 여자가 한 명 더 나왔다.

나이는 대략 열 살쯤? 황토색 금발과 푸른 눈에 투명하고 하얀 피부를 가진 전도유망한 미소녀였다.

방금 오라버니라고 했으니 혹시—.

"뭐야, 너도 있었어? 메이."

"있었어? 가 아니라구요! 방금 말씀하시는 걸 들었어요. 뭐가 중요한 이야기가 있다는 건가요! 그냥 놀러 가셨던 거 잖아요!"

"이런, 들켜 버렸군."

"으으! 너무해요! 치사해요! 저도 멜리다 님을 만나 뵙고 싶은데!"

메이는 오그와 한차례 설전을 벌이더니 그제야 내 존재를 떠올렸는지 황급히 인사했다.

"아아앗! 죄송해요! 전 메이 폰 알스하이드라고 해요! 아우구스트 오라버니의 동생이자 메, 메, 멜리다 님의 팬이에요!"

"저기 일단 진정하자."

"아으, 죄송해요!"

"난, 신. 신 월포드야. 멀린과 멜리다의 손자. 잘 부탁해, 메이."

"아, 예!"

"오그하고는 뭐랄까. 사촌? 뭐, 그런 느낌으로 지내고 있으니까 메이도 그런 식으로 대해주면 기쁘겠어."

"그, 그럼…… 신 오라버니라고 불러도 될까요?"

"오빠라고 불러도 돼. 난 오그랑 달리 왕족이 아니니까."

"……신 오빠."

"응."

"에헤헤, 심술궂지 않은 오빠가 생겼네요!"

"그래……. 너도 고생이 많았구나. ……오그 동생이라."

"그렇다니까요! 이해해주시는 건가요? 신 오빠!"

"응. 매번 무슨 일이 있을 때마다 오그에게 놀림을 당하고 있다 보니……."

"저도요! 늘 오라버니에게 속아서……."

그렇게 한동안 시선을 교환한 우리는 손을 맞잡고 서로의 고생을 위로했다.

"너희들…… 대체 뭐하는 거야……."

그러자 오그의 분노가 담긴 목소리가 들렸다.

"어? 아아앗!"

"뭐라니…… 너에게 놀림당하는 동지끼리 서로의 고생을 위로하는 건데?"

"호오? 고생이라고?"

"당연하지! 매번, 매번 구실을 찾아내서 놀려대기나 하고! 조금쯤 반격할 기회를 달라고!"

"신 오빠, 굉장해요!"

"그런가……. 난 너 때문에 이렇게 고생하고 있는데……."

"으…… 그, 그건 미안하게 생각한다만……."

"그게 그런 나에게 할 말이야?"

"아, 아니, 가끔은 나한테도 반격할 기회를 좀……."

"아아, 난 이렇게 고생하고 있는데 말이지."

"으……."

"아앗! 신 오빠, 힘내세요!"

메이의 응원에 보답하기 위해 오그를 쳐다보자…… 또 실실 웃고 있었다.

"오그! 너, 인마! 또 날 놀린 거지!"

"홋, 아하하하! 기대했던 반응을 보여줘서 고맙다, 신."

"너어……."

"그러니까! 절 내버려 두고 친한 듯 시시덕대지 말라고 했잖아욧!"

그러자 엘리자베트가 분노의 태클을 걸었다.

"에리 언니, 말투가……."

"앗! 제가 이런 실수를."

"그보다 에리, 메이. 왜 너희가 이런 곳에 있는 거지?"

"아! 맞아! 조금 전에도 말씀드렸지만 저와 메이를 계속 따돌리시니까 이렇게 직접 찾아온 거예요!"

"저희도 같이 합숙을 가고 싶어요!"

"합숙을 가고 싶다니…… 이건 『고등 마법학원』의 『연구회』 합숙이라고? 그런데 왜 내가 외부인인 너희를 데려가야 하는 거지?"

"그, 그건……."

"치사해요! 합숙이라고 해도 클로드는 온천 도시잖아요! 마법 연습 같은 건 못 한다구요!"

"하고 있다만?"

"어? 정말요?"

"다른 곳에서."

"역시 그냥 온천 여행일 뿐이잖아요! 그럼 저도 가고 싶다구요!"

"맞아요! 가고 싶어요!"

자세히 보니 둘 다 여행용 가방을 준비해두고 있었다. 아마 정기 보고 시각에 맞춰서 오그를 기다렸던 것이리라.

"하아…… 정말로 놀러 간 게 아닌데 말이지……."

"연습을 방해하진 않을게요! 모처럼 장기 휴일이니 아우구스트 님과 함께 보낼 수 있을 줄 알았는데! 또 연구회에만 빠져 계셔서……."

그런가. 오그는 빈번히 연구회……는 핑계고 우리 집으로 왔으니 그녀가 나쁜 인상을 받아도 이상할 건 없었다.

"그리고…… 아우구스트 님께 나쁜 벌레가 붙으면 곤란하니까……."

엘리자베트가 그렇게 말한 순간―.

"오그가? 하하! 그럴 리가!"

엘리자베트를 안심시켜주려고 한 말이었는데 오히려 본인은 날 지그시 쳐다보고 있었다.

왜, 왜 그렇게 쳐다봐?

"그 말씀이 과연 사실일지……."

으음…… 왜 이렇게 의심하는 걸까?

"야, 오그."

"왜?"

"네 약혼자가 의심하고 있는데?"

"후우…… 대체 무슨 착각을 하고 있는 건지……."

"그런고로 감시하는 의미도 포함해서 저도 합숙에 동행해야겠어요."

"하아~ 어른의 이야기네요!"

무슨 영문인지 메이가 신이 났다.

오그는 잠시 고민하다가 입을 열었다.

"여행 가방까지 준비한 걸 보니 이미 아바마마와 공작의 허락은 받은 거군?"

"예. 합숙 장소에 현자님과 도사님도 계신다고 들었답니다. 아버지께서도 두 분이 계시면 문제없을 거라며 쾌히 허락해주셨어요."

"저도 아바마마께 허락받았어요!"

"하아…… 이미 준비가 다 끝난 거잖아."

이미 주위부터 공략이 끝난 느낌이었다.

그런 이야기를 나누고 있자니 대기소에 누군가가 들어왔다.

"데려가면 되지 않느냐."

"아바마마!"

국왕님이 등장했다.

아니, 어째서 호위도 안 데리고 이런 곳에 있는 거야?! 너무 자유분방하잖아!

"합숙이라고 해도 마법 실습은 그곳에서 하는 거지?"

"아바마마도 알고 계셨습니까."

"그래. 거기서 신 군의 마법을 보고 꼭 마법학원에 입학시켜야겠다고 다짐했으니 말이다. 그보다, 그 황야에는 데려가지 말고 클로드에만 머물게 하면 되지 않겠느냐. 거긴 온천지니까 데려가기만 해도 좋은 휴가가 될 거다."

"하아…… 뭐, 아바마마께서 그렇게 말씀하신다면."

"성공이에요! 메이!"

"해냈어요! 에리 언니!"

오그가 허락했다. 그리고 기뻐하는 두 사람에게 이렇게 못을 박았다.

"먼저 말해두겠다만, 우리는 정말로 마법을 배우고 있는 거니까 방해만은 하지 말도록."

"예~!"

"알겠어요."

이걸로 문제가 해결됐고 대기소에 왔을 때 마인의 움직임은 없다고 들었으니 슬슬 돌아가 볼까.

그런데 마침 그 순간 떠오르는 생각이 있었다.

"아, 그렇구나."

"뭐가? 신."

"아니, 합숙 장소가 시실리네 영지잖아? 다른 여학생의 집에 가서 의심한 거 아니야?"

"아, 그럴지도."

"아니에요."

내 명추리를 엘리자베트가 즉시 부정했다.

"제가 가장 의심하고 있는 건……."

"있는 건?"

"당신이에요! 신 씨!"

…….

"""뭐어어어어어어어?!"""

"하와와! 어른의 이야기예요~!"

왜 그렇게 되는 건데!

아무래도 난 엘리자베트에게 터무니없는 오해를 받고 있는 듯했다.

"저기…… 하필이면 왜 그런 오해를?"

"오해고 자시고 입만 열었다 하면 신이, 신은, 신 녀석이, 신에게는…… 신신신신신! 조금 틈만 있으면 신 씨의 집에 가버리질 않나. 이러니 의심하는 게 당연하잖아요!"

"아니! 전혀 안 당연하거든?!"

"그런가요?"

"그렇다고요!"

왜 나와 오그가 그런 관계라는 의심을 받아야 하는 거지? 기분 나빠!

헉! 혹시 이 아가씨는 그런 취향인가?

내가 그런 의문에 사로잡히자 오그가 한숨을 내쉬며 입을 열었다.

"하아…… 하필이면 신이라니…… 연구회는 멤버의 절반이 여자인데. 뭐, 그보다 확실히 처음으로 신이라는 전혀 거리낄 것 없는 친구가 생겨서 들떴던 건 사실이니까."

"너무 들뜨셨다구요! 신 씨와 알게 된 후부터는 자주 저랑 만나러 와주시지도 않고……."

"확실히 동성 친구랑 노는 건 거리낄 게 없으니 속 편하단 말씀이야."

"……아우구스트 님은 저랑 있는 게 불편하다는 뜻인가요?"

"그야 그…… 우읍!"

"아니야! 그럴 리가 없잖아! 에리! 너와 함께 있으면 늘 마음이 편안해져!"

"그치만……."

"확실히 남자와 여자의 차이는 있어! 남자끼리 있으면 바보 같은 짓도 할 수 있으니까! 나도 첫 체험이라 조금 자제를 못 했던 것뿐이야!"

"그, 그러셨나요……."

오그는 내 입을 손으로 틀어막고 악을 썼다.

필사적이네.

나도 모르게 웃음이 나오자 손바닥을 통해 전해진 모양이었다.

"왜 웃지?"

오그는 손을 떼면서 그렇게 물었다.

"딱히? 보기 드물게 당황했다고 생각한 적 없는데?"

"젠장! 설마 신에게 놀림당하는 날이 올 줄이야!"

오그는 유감스럽기 짝이 없다는 표정을 지었다. 실례라고!

"……역시 수상하네요."

"아니라니까!"

"맞아. 신은 이미 여자가 있어. 그러니 다른 데 신경 쓸 여유는 없을걸."

"그러셨어요?"

"오그! 너, 그게 무슨 소리야!"

"신. 너도 슬슬 확실히 해."

오그가 갑자기 꺼낸 화제에 항의하자 뜻밖에도 진지한 얼굴로 대답했다.

"뭘 확실히……."

"그 태도 말이다. 서로에게 호감이 있는 건 알아. 그런데 언제까지 질질…… 슬슬 보고 있는 쪽이 답답하더군."

서로에게 호감이 있다니…… 확실히 시실리는 나에게 친절하지만 그건 원체 성격이 착해서 그런 건데…….

"시실리가 나에게 호감이 있다니…… 그걸 네가 어떻게 알아."

"그런 건 보면 다 알아."

"실제로 말로 들은 적 있어?"

"그건 못 들었지."

"그럼 왜 그렇게 단언할 수 있는 건데. 혹시 착각이었다면? 앞으로 그녀를 어떻게 대하라는 거야."

"그렇다면 넌 계속 이 상태가 좋다는 거냐?"

"그, 그건……."

"상대의 마음을 모르는 건 당연한 일이야. 실제로 어릴 때부터 늘 함께 있었고 지금은 약혼까지 한 관계지만, 아직도 이런 오해를 받고 있으니까."

"그건 그래."

"잠깐만요! 거기서 절 걸고넘어지지 마시라구요!"

"아니면 넌 상대에게, 여자에게 먼저 고백하게 할 셈이냐? 용기가 없다는 걸 핑계로."

"그, 그렇지는……!"

"그럼 이제 확실히 해. 상대도 기다리고 있을지 모르니까."

"……."

"뭐, 결정을 내리는 건 너다. 그래도 될 수 있으면 얼른 확실히 해줬으면 좋겠군. 안 그러면……."

"안 그러면?"

"……계속 오해받고 있을걸?"

"그건 곤란하네."

"그러니까! 날 걸고넘어지지 말랬잖아욧!"

"에리 언니, 또 말투가……."

"헉! 제가 이런 실수를."

오그의 말을 듣고 내가 도망치고 있었다는 사실을 깨달았다.

거절당하면 어쩌지. 착각이었다면 어쩌지.

줄곧 이런 생각만 하고 있었다.

난 상대의 마음을 알지 못하면 행동으로 옮기지도 못하는 건가?

진짜 한심하다.

받아줄지 어떨지는 모르겠지만…… 좌우지간 지금은 한시라도 빨리 시실리에게 내 마음을 고백하고 싶었다.

오그에게 등을 떠밀렸다는 게 조금 미묘한 기분이지만 아무튼 연애에 관해선 약혼자까지 있는 선배다.

의견은 솔직하게 받아들이자.

"그런데 슬슬 저쪽으로 돌아가면 안 될까? 빨리 가지 않으면 우리가 먹을 저녁을 추가로 만드는 수고를 끼쳐야 할 것 같다만."

"아, 맞다."

완전히 잊고 있었다.

"그럼 가자."

난 그렇게 말한 후 메이와 엘리자베트의 짐을 이공간에 넣고 게이트를 열었다.

이미 몇 번 본 경비병들과 디스 아저씨는 놀라지 않았지만 처음 본 두 사람은 넋을 잃고 있었다.

"그럼 디스 아저씨. 내일 또 올게. 메이는 우리가 책임지고 맡을게."

"아바마마, 이만 돌아가겠습니다."

"음, 조심해서 다녀오너라. 그리고 신 군."

"응?"

"……아무쪼록 자중해라."

"……."

"아바마마, 유감이지만…… 이미 늦었습니다."

"역시 그렇게 됐나. 주의하는 게 늦었다는 생각이 들더구나."

"그, 그럼 슬슬 갈게! 둘 다 이 게이트로 들어와!"

이야기가 이상한 방향으로 흘러갈 것 같아서 난 메이와 엘리자베트를 재촉하며 게이트로 들어갔다.

건너편은 수증기가 뭉게뭉게 피어오르는 클로드 영지였다.

게이트로 저택까지 단숨에 가도 좋았겠지만 모처럼 온천 가에 왔으니 입구 근처에 게이트를 열었다.

"저, 정말로 클로드네요……."

"굉장해요! 조금 전까지 성에 있었는데 벌써 클로드에 도착했어요!"

엘리자베트는 아연실색했고 메이는 아무래도 게이트 마법에 감동한 듯했다.

내 마법에 솔직하게 기뻐하는 모습을 보자 내심 만족스러웠다.

"메이. 그렇게 신나서 뛰어다니다가 길 잃어도 모른다."

"하윽! 기, 기다려주세요!"

메이는 우리를 두고 가려는 오그를 허겁지겁 쫓아갔다.

"메이."

"왜요? 신 오빠."

"길을 잃으면 큰일이니까, 자."

"예? 고마워요!"

내가 내민 손을 기쁜 듯 잡는 메이의 모습에 다시 한 번 만족감을 느꼈다.

"……이런 건 자연스럽게 할 줄 알면서 왜 중요한 순간에는 겁쟁이가 되는 건지……."

"그렇게 말씀하시는 아우구스트 님도 저와의 약혼 때 한참 뜸을 들이셨잖아요."

"앗! 그 이야기는 하지 마!"

우리 앞에서는 오그와 엘리자베트가 뭔가 즐겁게 대화를 나누고 있었다.

무슨 내용인지 듣고 싶었지만 내 손을 잡고 싱글벙글 웃는 메이를 두고 갈 수도 없는 노릇이라 참기로 했다.

나중에 놀려줘야지.

"신…… 방금 그건 못 들은 걸로 해."

"응~? 뭐가?"

"큭! 어디 두고 보자……."

"그거 어딘가의 악역 같은 대사인데."

"신 오빠, 굉장해요!"

메이가 존경하는 시선을 보내자 등이 근질근질했다.

그리고 앞서 걷던 오그와 엘리자베트는 사이좋게 팔짱을

졌다.

아무래도 조금 전의 대화로 오해가 풀린 모양이었다.

그런 기분 나쁜 오해를 받지 않게 된 건 다행이지만, 시실리가 있는 클로드 가문의 저택에 가까워질수록 왠지 이상하게 긴장이 됐다.

"신 오빠, 왜 그러세요?"

"응? 아니, 아무것도 아니야."

말수가 적어진 나를 메이가 걱정스러운 얼굴로 바라보았다.

그만 정신 차리자. 이런 작은 아이에게 걱정을 끼치다니. 하다못해 평소처럼 행동하자.

간신히 마음을 가라앉힌 순간 클로드 저택에 도착했다.

"여기가 클로드 가문의 저택이야."

"어서 오십시오, 신 님. 아우구스트 전하. 오늘은 이쪽으로 오셨군요."

"아, 다녀 왔어. 응, 이 두 사람에게 클로드의 거리를 구경하게 해주고 싶었거든."

"그렇게 이 도시가 마음에 드신 거군요. 기쁩니다!"

문지기가 굉장히 감동했다. 어지간히 이 도시를 사랑하나 보다.

"그런데 거기 계신 두 분은?"

"소개가 늦었네요. 전 아우구스트 님의 약혼자인 엘리자베트 폰 코랄이라고 한답니다."

"아우구스트 오라버니의 동생인 메이 폰 알스하이드라고 해요!"

문지기는 잠시 굳은 후, 갑자기 무릎을 꿇었다.

"죄죄죄죄, 죄송합니다! 전하의 약혼자분과 공주님이신 줄도 모르고! 이 무례를 용서해주십시오"!

그리고 바닥에 머리를 찧을 듯한 기세로 고개를 숙였다.

그렇군. 보통은 이런 반응인 건가.

"갑자기 찾아온 저희에게도 잘못은 있답니다. 그러니 아무쪼록 고개를 들어주세요."

"예! 감사합니다!"

문지기는 그렇게 대답하며 바닥에서 일어섰다.

"저기, 엘리자베트 씨. 나도 이런 태도로 대하는 편이 좋을까?"

"에리라고 불러주세요. 신 씨. 아우구스트 님과 허울 없이 대화를 나누시는 분께 그런 취급을 받으면 오히려 제가 어떻게 반응해야 좋을지 모르니까 참아주시구요."

"맞아요! 신 오빠는 그대로가 더 좋아요!"

"이제 와서 신이 그런 태도를 보인다면…… 틀림없이 뭔가 꿍꿍이가 있을 거라고 의심부터 하겠지."

오그의 말은 무시하고 아무튼 두 사람의 허락을 받았으니 태도를 바꾸지는 않기로 했다.

"앞으로 이 두 사람도 체재할 예정이니 안에 전해줄 수 있겠어?"

"예! 알겠습니다!"

그렇게 말하자 다른 사람이 저택 안으로 뛰어들어갔다.

"그럼 우리도 들어갈까."

"예!"

"알겠어요."

"후훗, 완전히 이 집에 사는 사람 같군."

"그러니까 그런 말 좀 하지 말라고!"

또 긴장되잖아!

"큭큭큭큭."

"아우구스트 님……."

"오라버니, 못됐어요!"

간신히 마음을 가라앉혔는데 직전에 원상복구가 되고 말았다. 이런 상태에서 시실리를 만났다간―

"어라? 신 군, 밖에서 들어오신 건가요?"

그리고 저택에 들어가자마자 시실리와 마주쳤다.

하필이면 이럴 때!

"아, 응. 아니, 그게…… 맞아! 이 두 사람에게 클로드의 거리를 보여주고 싶어서……."

난 그렇게 말하고 시실리에게 엘리자베트와 메이를 소개했다.

"오랜만이에요. 메이 공주님. 엘리자베트 님."

하지만 이미 시실리와는 면식이 있는 사이인 듯했다.

"오랜만이네요, 시실리 양. 오늘부터 한동안 신세를 질게요."

"오랜만이에요, 시실리 씨! 저도 잘 부탁드릴게요!"

"어머? 두 분도 합숙에 참가하시는 건가요?"

"아뇨, 저희는 아우구스트 님을 만나러 온 것뿐이랍니다."

"모처럼의 휴일인데 저희랑 놀아주지도 않아서요."

"훈련을 방해하진 않을 테니까 허락해주시면 안 될까요?"

"나도 부탁하마, 클로드. 이 둘도 한동안 이 저택에 머물 게 해주지 않겠나?"

오그에게도 부탁을 받은 시실리는 나에게 시선을 돌렸다.

"아, 그게⋯⋯ 여, 연구회 일로 오그의 시간을 많이 빼앗는 바람에 둘 다 요즘 함께 있을 시간이 없었다고 해서⋯⋯ 그러니까 저기⋯⋯ 안 될까?"

"신 군과 전하께서 괜찮으시다면 전 상관없지만⋯⋯."

"어, 없지만?"

"신 군, 혹시 무슨 일 있었나요? 왠지 태도가 이상하신 것 같은데요⋯⋯."

"지, 지극히 보통이야!"

"그런가요?"

시실리는 고개를 갸웃거렸다. 뒤에서 오그가 웃음을 참는 것이 느껴졌다.

젠장! 나중에 두고 보자!

"아, 조금 전에 말씀하셨던 분이 시실리 양이었군요."

"신 오빠랑 시실리 씨는 잘 어울려요!"

"예?"

"난 너희가 무슨 소릴 하는지 전~혀 모르겠다만!"

왜 그걸 이 타이밍에 말하는 거야!

"신 군…… 역시 좀 이상해요."

"아, 아니라니까! 그보다 할머니의 강의는 끝났어?"

"아, 예. 지금 막 끝나서 저녁 식사를 하기 전에 목욕하려던 참이었는데……."

시실리가 그렇게 말한 순간 안쪽 방에서 사람들이 나왔다.

"멜리다 님, 진짜 훌륭한 수업이었어요~."

"그래? 신의 부여 마법을 봤으니 딱히 대단할 것도 없잖아?"

"월포드 군의 부여 마법은 아무래도 이해하기가 조금……."

"아, 그건 그렇겠구나. 평범한 인간이라면 내 강의가 적당하겠지."

"결코 멜리다 님이 뒤떨어진다는 뜻은 아니지만……."

"마음 쓸 필요 없단다. 그 애가 이상한 것뿐이니까."

"맞아요~."

"잠깐! 본인이 없는 곳에서 이상한 놈으로 몰고 가지 마!"

깜짝 놀랄 정도로 제멋대로 떠들어대기는!

"어머, 어서 오렴. 늦었구나."

"평범하게 대응했어?!"

"신, 뭘 그렇게 소란을 피우는 거야?"

"어? 방금 그 이야기, 이상하지 않았어?"

"뭐가?"

"역시…… 난 이상한 놈 취급을 받는 거야?"

"새삼스럽게 무슨 소리니. 네 마법이 이상한 건 다들 익히 알고 있거늘."

"그 말씀대로입니다. 정말 새삼스럽군요."

알고는 있었지만 태클을 걸지 않을 수 없었다.

"풋…… 크크…… 아하하하!"

그런 우리의 모습을 지켜보던 에리가 갑자기 웃음을 터트렸다.

"아, 재밌어라. 아우구스트 님은 늘 이런 대화를 나누셨던 거군요."

그렇게 말하더니 오그를 쳐다보았다.

아무래도 그녀는 오그가 연구회에 빠져있는 이유를 납득한 모양이었다.

"저기요……. 신 오빠……."

메이가 내 옷소매를 꾹꾹 잡아당겼다.

아, 그렇군. 그러고 보니 이 아이는 할머니를 동경한다고 했었지?

"할머니."

"응? 왜?"

"얜 오그의 동생인 메이라고 해."

"하와! 저, 전 아우구스트 오라버니의 동생인 메이라고 합니다! 저, 저기……."

"할머니를 동경한대."

"어라, 그랬어? 책이나 무대에서 본 것과 다르게 이런 할머니라 실망했지?"

"아뇨! 전혀 아니에요! 저희 할머님보다 훨씬 젊고 아름다우신 데다……."

메이는 거기까지 말하고 할머니의 몸으로 시선을 내렸다.

"인사가 늦어서 죄송합니다. 전 아우구스트 님의 약혼자인 엘리자베트 폰 코랄이라고 해요. 메이가 무슨 말을 하고 싶은지 알겠네요. 그 연세에 그 체형…… 아무쪼록 꼭 조언을 듣고 싶은걸요."

에리도 그렇게 말하면서 동의했다.

그녀의 시선에서도 할머니를 향한 존경심이 느껴졌다.

정말로 왕국에 있는 모든 여자의 우상이었구나. 우리 할머니는…….

"후후, 고맙구나. 자, 그럼 지금부터 저녁 식사 전에 다 같이 온천에 들어가 볼까 하던 참인데, 너희도 가겠니?"

"예! 가고 싶어요!"

"저도 함께하겠습니다."

"좋아. 그리고 메이라고 했지?"

"아, 예!"

"자, 같이 가자꾸나."

"예?! 저, 저기……."

할머니가 손을 내밀자 메이는 어쩔 줄 몰라 하며 나에게 도움을 청하는 시선을 보냈다.

"할머니, 메이를 잘 부탁해."

"그래, 맡겨두렴."

"자, 메이."

"시, 실례하겠습니다……."

메이는 조심스럽게 할머니의 손을 잡았다.

그러자 할머니는 얼굴 한가득 미소를 지으며 그 작은 손을 쥐었다.

"여자애란 건 참 귀엽구나."

"미안하게 됐네요. 귀엽지 않은 사내자식이라서."

"그러게 말이다. 넌 한시라도 눈을 떼면 무슨 짓을 저지를지 모르니 어릴 때 손을 잡았던 것도 주로 내 옆에 붙잡아 두기 위해서였으니까."

"엥?! 그거 진짜야?!"

"자, 메이야. 온천에 가자꾸나."

"예!"

그렇게 할머니는 메이와 에리를 데리고 온천으로 떠났다.

어린 시절의 추억을 뒤엎는 충격적인 진실에 내가 넋을 놓고 있자 다들 동정하는 시선을 보냈다.

"멜리다 님의 심정이 이해가 가."

"신 군 같은 애는 꽉 붙잡아두고 있지 않으면 걱정돼서 견딜 수가 없으셨을 테니까!"

"확실히 효율적. 공감했어."

"미안~ 월포드 군. 나도 그래~."

"우리 애는 그렇게 되지 않기를 기도해야겠네요."

동정하는 시선을 할머니에게 보내던 거였냐!

나는 좌절해서 무릎을 꿇었다.

"저, 저기요……. 저는……."

시실리만 말꼬리를 흐렸다. 그렇다는 건 그녀도 같은 생각이라는 뜻인가…….

"괜찮아……. 시실리도 그렇게 생각하는 거지?"

"아, 아니에요! 신 군의 **아이라면** 귀여울 테니 전 기쁘게 손을 잡아줄 거예요!"

어? 뭔가 이야기의 취지가 이상한 방향으로 어긋난 듯한…….

주위도 그걸 눈치챘는지 한순간 정적이 찾아왔다.

"시실리…… 너……."

"어, 어머? 제가 지금 무슨 말을……."

"성대한 자폭. 깜짝 놀랐어."

"예? 아, 아앗?!"

자신이 무슨 발언을 한 건지 깨달은 시실리는 목까지 새빨개졌고—.

"꺄아아아악!"

온천 쪽으로 달려갔다.

다들 그 뒷모습을 흐뭇한 눈으로 쳐다봤다. 나와 오그를 제외하고……

"신, 알고 있겠지?"

"그래. 저렇게까지 말하는데 모를 정도로 둔감하진 않아."

"저렇게까지 말하지 않으면 못 알아차릴 정도로 둔감한 게 아니라?"

"으극……."

"뭐…… 힘내라."

"응."

그렇게 말하면서 우리도 온천으로 가려 했지만—.

"어라? 할아버지, 있었어?"

"허허…… 계속 있었거늘……."

할아버지의 공기화가 계속 진행 중이었다……

약간 풀이 죽은 할아버지를 위로하면서 온천에 들어갔다.

그리고 저녁 식사 시간 때는 얼굴이 새빨개진 시실리가 한사코 이쪽으로 쳐다보려고 하지 않아서 미묘한 분위기로 식사를 마쳤다.

고용인들도 실실 웃으며 가만히 있었다.

이다음은 자유 시간이었다.

오늘 참가한 두 사람은 방에서 할머니와 이야기를 나누는 중이었고 린과 토르 같은 학구파들은 할아버지에게 몰려갔다.

잘됐네, 할아버지…… 다들 잊어먹지 않아서…….

그리고 나는 딱히 할 일이 없어서 온천과 식사 때문에 달아오른 몸을 식히려고 밖으로 나왔다.

이 저택의 정원에는 연못이 있다. 그 옆에는 별채가 있으니 거기로 가볼까.

완전히 해가 저문 후의 밤하늘에는 별이 가득했다.

그렇게 하늘을 올려다보고 있자 이곳이 지구가 아니라는 것을 실감했다. 익숙한 별자리가 하나도 보이지 않았기 때문이다.

"정말로…… 지구가 아니었구나……."

"앗! 신 군?!"

"응? 아! 시실리?"

별채에는 먼저 온 손님이 있었다.

"어, 어어어, 어쩐 일이세요? 이런 곳까지."

"아, 온천이랑 식사 때문에 몸이 달아올라서 좀 식히려고. 시실리는?"

"저, 저도…… 예! 온천 때문에 몸이 뜨거워서요!"

"그랬군. 저기, 시실리?"

"아, 예!"

"옆에 앉아도 될까?"

"아, 네!"

왠지 목소리가 이상한 것 같았지만 신경 쓰지 않고 그녀의 옆에 앉았다.

시실리는 아까 한 실언을 마음에 담아두고 있는 건지 새빨개진 얼굴로 입을 다물었고, 나도 무슨 말을 꺼내야 할지 몰라서 잠시 가만히 있었다.

이윽고 그 침묵의 시간을 견디다 못한 시실리가 먼저 입을 열었다.

"저, 저기, 신 군. ……아, 아까는 미안했어요."

"응? 아, 별로 신경 쓰지 않……는다기보다…… 난 기뻤어."

"예?!"

"시실리……. 우리가 처음 만났을 때를 기억해?"

"예, 기억해요. 마리아와 둘이서 모르는 남자들에게 둘러싸이는 바람에 무척 곤란해 하고 있었죠."

"응. 그래서 내가 『난처한가요?』라고 물어봤더니……."

"마리아가 『예! 엄청 난처해요!』라고…… 무슨 그런 대답이 있냐는 생각이 들지 뭐예요."

"아하하! 맞아, 나도 그렇게 생각했어."

"그리고…… 신 군이 눈 깜짝할 사이에 남자들을 쓰러트리고…… 그 후에도 신사적으로 대해줘서……."

"난 말야. 그때 널 보고 마치 벼락을 맞은 듯한 충격을 받았어."

"예……?"

"정말 귀여운 애구나 싶어서."

"예?! 아, 아으……. 저, 저도 그랬어요. 정말 멋진 분이라고……."

"그런가……."

"예……."

"시실리."

"아, 예!"

나는 시실리의 얼굴을 바라보았다.

새빨개진 얼굴로 어딘지 모르게 필사적인 그녀를 바라보면서 나는…….

"좋아해, 시실리."

내 마음을 고백했다.

그리고 시실리는 잠시 굳어있다가…… 눈물을 흘리기 시작했다.

"기, 기뻐요……. 신 군은 누구에게나 친절하니까…… 사실 저에게 관심이 없는 줄 알았는데……."

"……그런 생각이 들게 했구나……."

"하지만! 하지만…… 그건 제 오해였다고…… 지금 그렇게 말씀해주셨어요."

"……."

"저도…… 저도 당신을 좋아해요. ……정말 좋아해요, 신 군."

"시실리……."

"신 군……."

"시실리…… 나랑…… 내 여자 친구가 되어줄래?"

"예. 신 군의 여자 친구가 되게 해주세요."

해냈다! 나는 그렇게 외치고 싶은 마음을 억누르면서 시실리를 응시했다.

그러자 그녀가 살며시 눈을 감았다.

이건, 그건가? 그거겠지? 시실리는 이제 내 여, 여자 친구니까!

그리고 난 시실리에게 서서히 접근했다.

"잠깐! 좀 밀지 마!"

"그래! 지금이다! 후딱 해치워버리렴!"

"아와와와!"

연못가의 나무 뒤에서 사람들이 우르르 쓰러졌다.

연구회의 멤버들과 할아버지와 할머니와 에리와 메이, 그리고 고용인들까지…….

뭐냐고! 이 뻔한 전개는! 그리고 대체 어떻게 그 가느다란 나무 뒤에 숨어 있었던 거지?!

"아, 아아아아앗!"

나는 모두가 우리를 지켜봤다는 사실을 깨닫고 공황상태에 빠진 시실리의 머리를 쓰다듬어주면서 그들에게 시선을 돌렸다.

"저기 말야……. 훔쳐보는 건 좀 아니잖아?"

"이런 빅 이벤트를 놓칠 수는 없잖아!"

어째선지 마리아가 화를 냈다.

"난 신의 등을 떠민 장본인이니까. 책임지고 지켜볼 의무가 있어."

"전 아우구스트 님의 약혼자니까요. 일심동체랍니다."

"하와와! 어른의 정사(情事)예요!"

오그는 그나마 이해하겠는데 에리는 대체 무슨 논리일까? 그리고 메이! 열 살짜리 여자애가 정사 같은 말을 함부로 입에 담으면 못써요!

"신! 잘했다! 정말 잘했어!"

할머니는 엄청 기뻐했다.

"하아…… 그냥 좀 내버려 두지……. 뭐, 그런고로 우린 오늘부터 사귀게 됐습니다."

""오오~!""

어째선지 다들 손뼉을 쳤다.

"이건 급히 축하 파티를 열 필요가 있겠네요! 조금 전에 저녁을 드셨으니 내일 아침에라도!"

메이드장이 그렇게 제안했다.

파티라니…….

"그래, 신. 시실리 양의 부모님도 데려오는 게 어떠냐."

"어…… 내가?"

"시실리 양과 둘이서 보고하러 가는 김에 데려오면 되지 않겠느냐."

왠지 눈 깜짝할 사이에 일이 척척 진행되는 느낌이다.

시실리는 괜찮을까 싶어서 시선을 돌리자―.

"신 군……."

어째선지 눈물이 가득 고인 눈으로 날 쳐다보고 있었다.

아, 계속 머리를 쓰다듬고 있었네.

"시실리. 내일 세실 씨와 아일린 씨에게 우리의 교제를 보고하러 갔다가 그대로 모셔오라는데, 어떻게 할까?"

"교제……."

그 단어가 쑥스러운지 그녀는 내 가슴에 얼굴을 파묻었다.

우와, 뭐야 이게. 무지 귀엽잖아!

"굉장하네…… . 사귀자마자 엄청 러브러브하잖아."

"사귀기 전부터 그렇게 염장질을 해댔으니 막상 사귀면 어쩌나 싶었는데……."

"이건 그거네! 모자이크가 필요하겠어!"

우리가 무슨 외설물이냐!

"뭐, 일단 축하한다. 하지만 지금은 비상시국이니까 사귀는 걸 핑계로 훈련을 게을리하지 말도록."

"아, 예! 명심하고 있어요!"

"그렇게 말할 거면 왜 하필 이런 타이밍에 내 등을 떠민 건데?"

내가 그렇게 묻자 오그는 뜻밖에 진지한 얼굴로 대답했다.

"그야 너…… 이야기 같은 데서 중요한 순간에 『이 싸움이 끝나면 고백할 거야』라고 말하는 녀석은…… 대부분 죽잖아? 그래서 미리 해결해두려고 한 거지."

…….

사망 플래그 회피였어?!

◇

궁극 마법 연구회의 멤버들이 마인에게 대항하기 위해 합숙을 떠났을 무렵, 그 사이에 마인들은 대체 무엇을 하고 있었을까.

"밀리아 양. 현재 진척 상황은 어떻습니까."

"예. 현재 표적이 된 도시는 상당히 피폐해진 것 같습니다. 주민들의 불만도 나날이 심해지는 모양입니다."

"후후. 그런가요. 그럼 됐습니다."

슈투름은 구 제국령 내에 아직 남아 있는 도시에서 뭔가를 실행에 옮기고 있었다.

여기에 전념하느라 주변국에는 아직 손을 대지 않고 있었던 것이다.

하지만 이 일이 끝난 후에 어떤 행보를 보일지는 아무도 알 수 없었다.

"제국인은 귀족이건 평민이건 너나 할 것 없이 동등한 괴로움을 맛봐야 하니까요. 후후후, 아하하하하하!"

슈투름은 제국민들의 괴로워하는 모습을 감상하며 기뻐했다.

그리고 밀리아는 그런 그를 조용히 쳐다보고 있었다.

〈계속〉

합숙의 묘미

시실리에게 고백하는 데 성공한 나는 그녀의 연인이 되었다.

나에게는 더할 나위 없이 기쁜 일이었지만, 그건 연구회 멤버들도 마찬가지였는지 전원이 큰 방에 모여서 우리를 진심으로 축하해주었다.

"이야~ 뭐랄까. 지금까지 실컷 노닥대는 걸 봐서 그런지 이제 와서 사귄다고 해봤자 감이 잘 안 오는걸."

"차라리 우리 약혼했어요! 같은 선언이었다면 또 모를까!"

"야야야, 약혼?!"

앨리스의 발언에 시실리가 성대하게 당황했지만 어느 정도 각오한 일이었다.

어쨌든 그녀는 자작가의 딸이다.

알스하이드 왕국의 귀족들이 자유 연애를 인정하고 있다고는 해도 어느 정도 확실히 해둘 필요가 있으리라.

시실리는 여자들에게 축복을 받고 있었지만 사실 난 우리 일보다는 다른 사람들의 사정이 더 신경 쓰였다.

"그러고 보니 난 오늘 처음 만난 거지만, 오그와 에리는 옛날부터 알던 사이라며? 프러포즈는 오그가 먼저 한 거야? 부모님들이 정해준 게 아니라?"

내가 그렇게 묻자 오그의 움직임이 뚝 멈췄다.

"……그런 건 아무럼 어때. 오늘은 너와 클로드를 축하하는 날이잖아?"

"응? 그치만 신경 쓰이는걸. 오그가, 어떤 식으로, 결혼 신청을 했는지."

그러자 지금까지는 왕가와 공작가의 사정이라 섣불리 물어보지 못했던 다른 일행들도 관심을 보였다.

"그건 그래! 늘 냉정하고 자신만만한 전하가 어떻게 해서 엘리자베트 님과 약혼한 건지 신경 쓰여요!"

앨리스가 씩씩하게 손을 들면서 두 사람이 좋아하게 된 계기를 물어보았다.

"……그냥 어릴 때부터 자주 같이 놀아서 가장 친했으니까 약혼자를 정해야 할 때가 왔을 때 에리를 선택한 것뿐이야."

오그는 쑥스러운지 그렇게 대답했지만 이건…….

"그럴 수가……. 아우구스트 님…… 그날 왕국의 테라스에서 제가 아니면 안 된다고 말씀하셨던 건 전부 거짓이었던 건가요?"

그것 보라고!

그런 말투를 하니까 오해받았잖아!

오그는 눈가에 눈물이 고이기 시작하는 에리를 보고 엄청나게 당황했다.

"그, 그럴 리가 없잖아! 지, 지금 이건 신이 짜증 나게 굴어서 적당히 얼버무린 것뿐이라고!"

"짜증?! 너무해!"

"안 너무해! 이것 봐! 너 때문에 에리가 울잖아!"

"누가 봐도 잘못한 건 너거든?!"

오그의 책임 전가가 너무했다!

"……역시 아우구스트 님과 신 씨는 사이가 좋으시네요."

큰일 났다! 에리가 또 우리의 관계를 의심하기 시작했다!

"아, 아니야. 남자끼리 이러는 건 보통이라고. 그보다 에리는 오그랑 언제부터 알고 지낸 거야?"

"왕족이신 아우구스트 님과 그런 식으로 대화를 나눌 수 있는 것만으로도 굉장한 일인데…… 음. 제가 아우구스트 님과 처음 만난 건 다섯 살 때, 귀족 가문의 자녀들을 소개하는 자리에서였답니다."

자녀들을 소개? 뭐야 그게.

나는 영문을 알 수 없어서 같은 귀족인 시실리에게 시선을 보냈다.

"아, 신 군은 모르시는 게 당연하겠네요. 귀족은 자녀들이 다섯 살이 되면 서로를 소개해주는 자리를 가져요. 앞으로 사교계에서 교우를 다지려면 어릴 때부터 알고 지내는 편이 더 서로를 신뢰할 수 있을 거라는 의미에서요."

"흐응, 그런 건가."

"마리아는 집이 이웃이라 더 전부터 알고 지냈지만요. 전하와 엘리자베트 님과는 그때 처음 만났어요."

"그럼 귀족 그룹은 다들 소꿉친구 같은 건가?"

"그럴지도요. 저도 여러분들과는 어릴 때부터 알고 지낸 사이니까요."

"토르는 옛날에 자주 여자애로 오해받은 적이 있소이다."

"잠깐만요! 남의 흑역사를 들추지 마세요!"

귀족 그룹은 어린 시절의 추억담을 꽃피웠다.

"흐응, 좋겠네. 난 다섯 살 때…… 숲에서 사슴을 사냥하고 있었는데……."

친구라곤 한 명도 없는 완벽한 야생아.

당시에는 아무렇지도 않았지만 이렇게 소꿉친구들끼리 추억담을 나누는 걸 보니 조금…… 아니, 꽤 부러웠다.

"아…… 죄, 죄송해요! 신 군 앞에서 무신경한 이야기를……."

"아니야. 별로 신경 안 써. 이젠 다들 친구인걸. 다만, 소꿉친구라는 단어가 조금 부럽게 들렸던 것뿐이야."

"저희는 신 님의 환경을 부러워했습니다만…… 신 님에게는 반대였던 거군요."

"그런 식으로 생각하게 된 건 요즘 들어서지만 말야. 그런데 처음 만난 후에는 어떻게 됐어? 더 듣고 싶은데."

"공개석상에서 아우구스트 님과 첫 만남을 가졌지만…… 아우구스트 님 주위에는 여자애들로 한가득이라…… 도저히 다가갈 수가 없었어요."

"아, 그랬었죠."

"저도 무서워서 그 안에는 못 끼겠더라구요……."

"무서워?"

"다섯 살이라도 여자는 여자라는 거야. 부모들에게서도 아우구스트 전하를 함락시키라는 말을 들었던 거겠지. 아무튼 서로의 발목을 잡고 앞서가려는 추한 경쟁이 벌어졌어. 그 후…… 자기들 딴에는 전하를 유혹하려는 셈이었겠지만 다섯 살짜리가 해봤자……. 당시의 내 눈으로 봐도 참 우스꽝스럽더라구."

"그런 짓을 할 바에야 차라리 접근하지 않는 편이 낫겠다는 생각이 절로 들었답니다."

다섯 살의 어린 소녀들이 전력으로 자기 어필을 했다는 뜻이다.

특수한 성벽을 가진 사람에게는 상이었겠지만―.

"실제로 당하는 쪽은 어땠어?"

"최악이었지. 잘 알지도 못하는 여자애들이 달라붙어서 영문을 알 수 없는 어필을 해대지 않나……. 그때 내 주위에 있던 여자애들과는 두 번 다시 말도 붙이지 않을 거라는 생각이 절로 들더라……."

완전히 역효과였다는 거군. ……그러고 보니 전에 오그가 잘 모르는 여자들에게 둘러싸이는 것만큼 성가신 일은 없다고 말한 적이 있었다.

"절 포함해서 몇 분은 아우구스트 님께 접근하지 않았어요. 그랬더니 아우구스트 님께서 먼저 말을 걸어주시더라구요."

"몇 명이나 있었어? 난 그때 에리밖에 못 봤는데……."

"저랑 시실리는 도중에 남자애들이 시실리에게 접근하려고 들어서 먼저 귀가했어요."

"흐응. 그렇다는 건 너희도 계속 남아있었다면 오그의 약혼자가 될 가능성이 있었다는 건가?"

"그건 아닐 거야. 난 아우구스트 전하의 옆에 있는 건 귀찮겠다는 생각부터 들었고, 시실리는 신과 만나기 전까진 사랑이 뭔지도 잘 몰랐으니까."

"어? 그랬어?"

"마리아도 참! 그걸 왜 말하는 건데!"

"뭐, 어때. 첫사랑이 이루어졌으니 잘됐잖아."

"그, 그거랑 이건 관계없는 이야기야!"

"그런가. 시실리도 첫사랑이었구나."

"예? 『도』?"

"그야 내가 태어나서 처음 만난 또래의 사람이 시실리와 마리아였는걸. 첫사랑인 게 당연하잖아?"

잘 생각해보니 이 세계에서의 첫사랑이었다.

그나마 비슷한 나이의 여자라면 크리스 누나가 있었지만, 무뚝뚝한 데다 늘 지크 형이랑 드잡이질만 하고 있었으니…… 글러 먹은 누나라는 인상밖에 없었다.

더욱이 이 느낌은 전생의 첫사랑과 비슷하기도 했고…….

딱히 특별한 이유가 없어도 그녀가 좋아서 견딜 수가 없는 기분이었다.

"날 만나기 전에 좋아한 녀석이 없어서 기쁘다고 생각하는 건…… 이상한가?"

"이상하지 않아요! 저도…… 절 만나기 전에 좋아한 애가 없다는 말씀을 들어서 기쁜걸요!"

"시실리……."

"신 군……."

"너희들, 젊은 남녀가 밤늦게까지 한 방에서 대체 뭘 하는 거니."

시실리와 좋은 분위기가 된 순간, 갑자기 할머니가 방으로 들어왔다.

깜짝 놀란 나는 마치 자석의 같은 극이 반발하는 것처럼 단숨에 시실리와 거리를 벌렸다.

이 방은 여러 사람이 묵기 위한 곳인지 침대가 여섯 개나 있었다.

우리는 거기 앉아서 담소를 나누는 중이었는데…… 역시 남녀가 한 침대에 같이 앉는 건 문제가 있는 걸까?

"내일도 훈련이 있잖아? 그만 떠들고 어서 자려무나."

할머니는 한차례 설교를 하고 그대로 방을 나갔다.

"할머니한테 혼났네."

"슬슬 방으로 돌아갈까요?"

"에이, 아직 핵심을 못 들었잖아."

"핵심?"

"오그가 어떤 식으로 프러포즈를 한 건지."

"으……"

"저기…… 꼭 말씀드려야 하나요?"

"난 듣고 싶어! 왕족과 고위 귀족의 러브 로맨스라면 완전히 연애 소설에서나 나올 법한 소재잖아! 이건 어지간해선 경험할 수 없는 기회인걸!"

앨리스는 반드시 듣고 싶다고 말했다.

그건 그렇고 그 왕족과 고위 귀족 상대로 참 용감하기도 하지. 오그에게 익숙해져서 그런 걸까?

"편히 대하라고는 했다만…… 설마 이렇게까지 대놓고 물어볼 줄은 상상도 못 했군."

오그는 자기소개 때 한 말을 약간 후회하는 느낌이었지만 난 친구 사이에 이상한 벽을 만드는 것보단 낫다고 생각했다.

"그래서? 왜 에리였어?"

"듣자 하니 다른 사람들도 있었던 모양이다만, 당시의 나는 이 자리에서 나에게 아양을 떨지 않는 건 에리밖에 없다고 생각했어. 그래서 관심이 생겨서 말을 걸었는데……"

"호되게 차이셨던 걸로 기억하외다."

"전하와 관여하면 귀찮아질 것 같다고 말씀하셨죠."

"그, 그만해주세요……. 다섯 살 때 일인 걸요……."

"설마 그런 말을 들을 줄은 꿈에도 몰랐거든. 그러다 보니 에리의 관심을 끌고 싶다는 생각이 들었지."

오그와 율리우스와 토르는 당시를 그리워하듯 말했고 에리는 무척 부끄러워했다.

역시 어려서 무서울 게 없었던 거겠지.

뭐, 어린 소녀라 용서받을 수 있는 행위였으리라.

"그런데 좀처럼 마음을 열어주지 않더군. 처음에는 좋아한다기보다 오기에 가까웠어."

"몇 번을 거절해도 다과회에 와달라고 권유해주셔서…… 계속 거절하는 것도 죄송하다 싶어 한 번 찾아뵀답니다."

오오, 오그도 끈질기게 버틴 보람이 있었군.

"그 때, 아우구스트 님이 활짝 웃는 얼굴로 절 환영해주시는 걸 보고…… 영문도 모른 채 가슴이 두근거렸던 기억이 나네요."

"그때는 드디어 내 권유를 받아준 게 기뻤으니까."

활짝 웃었다고? 오그가?

"……난 놀릴 건수를 찾았을 때의 짓궂은 미소밖에 안 떠오르는데……."

"……어렸을 때 이야기다."

"당시에도 그러셨어요. 그런 전하께서 제 앞에서는 구김살

없는 미소를 보여주시는 걸 보고…… 그 차이에 마음을 빼앗겼던 걸지도 모르겠네요."

"에리는 다른 귀족 영애들과 달리 자기 주관이 확실했으니까. 유행이니 뭐니 하면서 시끄럽게 떠들어대는 여자애들을 차가운 눈으로 바라보는 모습이 인상적이었지."

"……즉, 넌 에리의 차가운 시선에 반했다는 뜻?"

……오그는 마조히스트였던 건가…….

"뭔가 이상한 상상을 하는 모양이다만, 아니야! 다른 여자애들과 일선을 긋는 강한 의지에 반한 거라고!"

오오, 왕족이 대놓고 반했다는 말을 할 줄이야…….

"아, 아우구스트 님……. 다른 분들도 앞에 계시는데……."

"……지금 들었던 건 잊어버려."

"이런 보기 드문 광경을 어떻게 잊겠어요.

"응, 무리예요!"

"그래서? 프러포즈는 어떻게 했는데?"

"……둘만의 비밀이다."

"아! 도망쳤어!"

"이제 좀 참아주세요……. 이건 저희 둘만의 비밀로 하고 싶은걸요……."

하긴 그렇겠지.

어차피 장난삼아 물어본 거였으니 두 사람이 서로 반하게 된 계기를 들은 정도로 참아주자.

설마 정말로 이야기해줄 줄 몰랐기도 했고……

"그, 그러고 보니 빈과 스톤은 어땠지? 너희도 소꿉친구라며? 언제부터 사귄 거냐."

"우와! 이쪽으로 불똥이 튀었슴다!"

"저랑 시실리는 올리비아에게 어느 정도 들었지만요."

"후훗, 처음 들었을 때는 굉장히 부럽던걸요."

"우린 못 들었어. 자, 전부 실토해."

"심문이냐."

오그는 마치 앙갚음이라도 하려는 듯 다음 희생자를 물색했다.

어차피 마크와 올리비아밖에 남은 사람이 없으니 절호의 표적이 됐다.

"그, 그게…… 저랑 올리비아는 집이 가까워서 옛날부터 자주 같이 놀았슴다."

"평범한 어린 시절이었어요. 근처에 사는 아이들끼리 같이 놀면서 때로는 성별로 갈라져서 다투다가 다시 화해하거나 하면서요."

"전…… 그 당시부터 줄곧 올리비아를 좋아했는데…… 중등학원에 올라간 시점에서 관계가 좀 멀어졌슴다……."

"마침 그때 저희 둘 다 마법 적성이 있다는 말을 듣고 마크와 같이 마법의 기초 수업을 받게 됐어요."

"오랜만에 가까이에서 본 올리비아는 뭐랄까…… 엄청 예뻐져서……."

"마크도 굉장히 멋있어져서……."

"하지만 뭐랄까…… 어릴 때부터 알고 지내던 사이라 오기를 부렸다고 해야 할지……, 제 마음에 솔직해지지 못했다고 해야 할지……."

"멋있어진 마크는 꽤 인기가 많았어요. 아아, 이대로 가만히 있다간 다른 여자애랑 사귈지도 모르겠다는 생각이 절로 들지 뭐예요."

"그렇게 말하는 올리비아도…… 당시에 다니던 중등학원에서는 꽤 인기가 많아서…… 이 녀석이 다른 남자랑 사귄다는 소문을 듣고…… 결국 참을 수 없게 된 제가 먼저 고백을 해서 사귀게 된 겁니다."

……새콤달콤해! 그야말로 달달한 청춘!

듣고 있는 내가 더 부끄러워!

"뭐랄까…… 완전히 중등학원생의 교과서 같은 사랑 이야기였어."

"소설에서 자주 본 내용 같아서…… 부러웠어요."

전에 올리비아에게서 이야기를 들은 마리아와 시실리는 부러워하는 눈으로 두 사람을 바라보았다.

다른 애들도, 특히 여자들이 부러워했다.

"그에 비하면 우린 평범하진 않았네."

처음 만났을 때부터 소란이 벌어졌으니 말이다.

"신과 시실리의 경우도 이야기에서 들어본 적이⋯⋯가 아니라."

"다들 이야기에서나 나올 법한 상황밖에 없었군."

"신 오빠, 굉장해요! 저도 그런 만남을 가져보고 싶어요!"

"⋯⋯저기, 지금 갑자기 생각난 건데⋯⋯ 전하 때도 그렇고 신 때도 그렇고⋯⋯ 왜 나만 선택받질 못한 걸까?"

⋯⋯.

마리아의 질문에 다들 시선을 피했다.

나와 오그 때도 마리아는 처음부터 등장했지만 그녀에게 연애 플래그가 생긴 적은 없었다.

"일국의 왕자님과 영웅의 손자⋯⋯ 이런 엄청난 물건들을 눈앞에서 놓친 나란 애는⋯⋯."

"기, 기운 내! 마리아! 난 그런 기회조차 없었는걸!"

"나도."

앨리스와 린은 자기 입으로 한 말에 충격을 받고 풀이 죽였다.

⋯⋯참으로 슬픈 자폭이었다.

"유리는? 유리라면 지금까지 남친 한둘쯤 있었겠지?"

"응~? 후훗, 그건⋯⋯."

유리는 마리아의 질문에 윙크로 대답하더니—.

"비, 밀."

대충 얼버무렸다.

"유리, 치사해……."

"쉿!"

앨리스가 유리를 추궁하려 한 순간, 난 누군가의 기척을 느꼈다.

입술에 검지를 대고 다들 조용히 하라고 하자 문 너머에 있는 복도에서 발소리가 들렸다.

큰일 났다!

내가 눈짓을 하자 다들 황급히 이불을 덮고 누웠다.

"이 녀석들! 적당히 좀 해!"

그렇게 눕자마자 할머니가 마치 문을 걷어차는 기세로 벌컥 열었다.

"응? 다들 자나……?"

순간적으로 이불을 덮긴 했는데—.

"이런……. 혹시 들켰나?"

내가 이불 밖의 상황을 살피자—.

"아…… 으응……."

내 밑에서 뭔가 요염한 목소리가 들렸다.

…….

할머니가 가까이 온 걸 눈치챈 우리는 각자 황급히 앉아 있던 침대에 누웠다.

그리고 나와 같은 침대에 앉았던 건—.

"……시실리?"

"아…… 예."

역시 난 시실리와 같은 침대에 누운 모양이었다.

순간적으로 이불을 덮으면서 침대 위에 자빠트려 버렸으니—.

"미, 미안. ……무겁지?"

"아, 그렇지는…… 아앙, 않은데요……."

시실리의 몸을 깔고 누운 상태였다.

그런데 무슨 영문인지 그녀는 간간이 신음을 흘렸다.

아무래도 지금 난 시실리를 뒤에서 끌어안듯이 깔고 누운 자세인 것 같았다.

그리고…… 내 손은 지금 어디에 있지?

확인하려고 움직이자—.

"아, 앗!"

시실리의 목소리가 한층 더 섹시해졌다.

큰일 났다.

내 손은 엎드린 그녀의 풍만한 가슴과 침대 사이에 껴있었다!

이래선 조금만 움직여도 시실리의 가슴을 주무르는 꼴이 될 것이다. 게다가 아무래도 감촉으로 예상하건대 목욕을 하느라 속옷을 입지 않은 모양이었다.

더욱이 내 한쪽 다리는 그녀의 다리 사이에 껴있는 운 좋은 상태……가 아니라, 완전히 옴짝달싹할 수 없는 상황이었다!

아직 할머니가 방 안에 있으니 큰 소리를 내면 들키는…… 정도로 끝나지 않고 호되게 혼이 날 가능성이 컸다.

불가항력이었다고 말해봤자 씨알도 먹히지 않으리라.

아무튼 지금은 할머니가 방에서 나갈 때까지 참을 수밖에 없었다.

마력을 감지하자…… 우와, 할머니가 침대를 하나씩 확인하는 중이었다.

몸을 움직였다간 시실리가 신음을 흘릴 테고 이불 속은 우리의 체온 때문에 엄청 후덥지근했다.

게다가 그녀에게 부담이 되지 않도록 나는 팔굽혀 펴기를 하는 요령으로 약간 몸을 떠받치고 있었다.

하지만 너무 떨어지면 이불 모양 때문에 들킬지도 모르니 아주 약간밖에 떨어지지 못했다. 이렇게 더운데 이런 자세를 유지하고 있으려니 힘들어!

"음, 으응……."

"미, 미안……."

너무 더워서 몸을 살짝 움직이는 바람에 내 손이 시실리의 가슴과 엉덩이를 살짝 스친 모양이었다.

그래도 시실리는 결코 소리를 내지 않겠다는 것처럼 이불을 입에 물고 있었다.

그 기특한 행위가…… 내 심장을 직격했다.

할머니의 기척은 아직 가까이에 있었다. 나는 그때만 숨소리를 죽이고 부동자세로 할머니가 지나가는 걸 기다렸다.

그리고…… 확인을 마친 할머니가 침대에서 멀어졌다.

그 사실을 확인한 나는 자세가 너무 힘들어서 힘을 빼고 시실리의 옆에 천천히 누웠다.

"아…… 으응…… 신 군……."

이불을 덮어서 생긴 밀폐 공간에 틀어박혀 있느라 약간 산소 결핍증을 일으킨 우리는 정상적인 사고를 유지하지 못했다.

멍한 정신 상태로 누운 내 품속에는 아직 시실리가 있었다.

온몸으로 느껴지는 그녀의 부드러운 살결…….

밀폐된 공간에 열기까지 차서 그런지 그녀에게서 굉장히 좋은 향기가 났다.

더위와 산소 결핍 때문에 정신이 멍한 나에게는 너무나도 강렬한 자극이었다.

"시실리……."

"앗…… 신 군……."

그 부드러운 감촉과 향기에 이성을 잃은 나는 시실리가 너무나도 사랑스러워서 무의식중에 꼭 껴안았다.

"……좋아해……. 시실리……."

시실리를 뒤에서 껴안으면서 귓가에 속삭였다.

그녀도 분위기로 이다음 상황을 예상한 것이리라.

"아…… 안 돼요……. 키스도 아직인데……."

시실리는 소극적인 거부 의사를 표명했다.

하지만 그녀의 몸에 전혀 힘이 들어가지 않은 걸로 봐선 진심으로 날 거절한 것이 아님이 명백했다.

그래서 나는…… 한층 더 팔에 힘을 줘서 그녀와 몸을 밀착했다.

"하아…… 시실리……. 귀여워……."

"아앗…… 신 군……. 뜨거워요……."

"너희들! 대체 무슨 짓거리야!"

갑자기 사라진 이불.

밝아진 시야.

뇌에 산소가 공급되자 흐릿했던 사고가 단숨에 선명해졌다.

어라? 내가 지금 무슨 짓을?

거기까지 생각이 도달한 나는 바로 눈앞에 누군가가 서 있다는 것을 깨달았다.

그곳에는…….

이불을 든 채…… 귀신같은 얼굴을 한 할머니가 있었다.

"너희들은…… 오늘 사귀기 시작한 주제에 벌써 선을 넘을 셈이니?!"

그럴 리가…….

아, 아니다. 조금 전의 분위기로 예상하건대 할머니가 안 말렸다면 끝까지 저질러버렸을지도…….

"나 원 참…… 정말로 시작하는 줄 알았지 뭐야."

"조마조마했어~!"

"시실리가…… 점점 앞서가고 있어……."

"아으, 아으. 신 군이랑 시실리는 변태!"

자세히 보니 할머니뿐만 아니라 다른 일행들도 침대에서 내려와 나와 시실리 주위를 에워싸고 있었다.

잠깐만, 이거 진짜야?

모두가 보는 앞에서…… 우린 대체 무슨 짓을…….

……이런…… 부끄러워서 고개를 들 수가 없다.

시선을 슬쩍 옆으로 돌리자 시실리는 온몸이 새빨개진 채 몸을 웅크리고 있었다.

얼굴을 손으로 덮고 몸을 가늘게 떨고 있는 걸로 봐선 어지간히 창피했던 모양이다.

"너희들, 거기서 무릎 꿇어!"

그리고 우리 둘은 할머니에게 한 시간 동안 설교를 들었다.

"저기, 그만 자는 편이……."

그래서 무심결에 본심이 새어 나오고 말았다.

"……배짱 한 번 좋구나."

결국 나만 한 시간 더 추가됐다.

『현자의 손자 2권 전대미문의 신영웅』을 읽어주셔서 정말 감사합니다.

저번 권에는 태어나서 처음으로 제 이름으로 책을 냈습니다만, 실제로 제 책이 서점에 진열된 모습을 봤을 때는 웃음이 멈추지 않더군요.

서점의 라이트 노벨 코너에서 실실 웃고 있는 남자. 누가 봐도 수상한 인물로 보였겠지요. 그 후로 서점에 갈 때는 무더운 한여름에도 마스크를 필수로 챙기고 있습니다.

저는 운이 좋은 편일까요, 나쁜 편일까요. 아마 좋은 편이 아닐까 싶습니다. 이렇게 제가 쓴 이야기를 책으로 내준 출판사, 일러스트레이터, 독자 여러분들과 만날 수 있었으니 말입니다.

그렇게 운 좋게 출판된 이 작품입니다만 실은 실제로 책이 나오기 전까진 계속 반신반의한 상태였습니다.

자세히 말씀드릴 수는 없습니다만 이 소설을 쓰기 전에 어떤 사건이 있었습니다. 누구나 들으면 굉장하다는 말이 나올 기회가 왔습니다. 이것도 굉장히 운이 좋았기에 가능했던 일이었겠죠.

전 이것으로 제 인생이 바뀔 거라고 믿어 의심치 않았습니다.

하지만 결과는…….

그 후로 지나친 기대를 삼가고 결과가 나오기 전까지는, 실제로 제 눈으로 보기 전까지는 믿지 않기로 했습니다.

참고로 자세한 사정은 여러 곳에 폐를 끼칠 테니 비밀입니다. 그 정도로 큰일입니다.

뭐, 그런 이유로 실제로 서점에 진열되기 전까지는 견본을 봐도 남 일처럼 생각했습니다만, 실제로 서점에 진열되자 무심코 웃음이 새어 나왔던 겁니다.

자, 그럼 이 『현자의 손자』는 사실 인터넷에서 연재하던 소설입니다. 제가 쓰고 싶은 이야기를 자유롭게 쓸 수 있는 멋진 환경입니다. 하지만 몇 가지 단점도 있었습니다.

그중 하나가 이 서적화입니다.

뭐가 단점이냐구요?

처음부터 책이 되는 걸 전제로 쓴 게 아니다 보니 적당한 부분에서 내용을 끊으면 페이지 수가 전혀 맞지 않았습니다.

저번 권은 물론이고 이번 권에서도 내용을 대폭 삭제하고 추가했습니다. 그렇지 않아도 오탈자나 잘못된 일본어 등 수정해야 할 점이 산더미처럼 쌓였는데도 출판 서식에 맞춰서 내용까지 조정해야 했습니다.

정말이지 뭐랄까…… 처음에는 페이지 수를 초과해서 이런저런 표현을 바꾸거나 눈 딱 감고 삭제하면서 수정 작업을 진행했더니 이번에는 정해진 페이지 수를 채우지 못했습니다.

어째서?!

몇 번이나 컴퓨터 앞에서 머리를 감싸 쥐었는지 모릅니다.

다른 작가분들은 얼마나 수정하고 계신 걸까요?

매번 몇 번이나 수정 작업을 도와주신 담당자님께는 진심으로 죄송했습니다.

이 자리를 빌려서 다시 한 번 감사의 말씀을 올립니다.

담당자님께서 먼저 제안해주시지 않았다면 지금의 저는 존재하지 않았을 겁니다. 감사합니다.

출판업계에 관해 아무것도 모르는 제가 이런저런 투정을 부리면서 폐를 끼친 것을 사과드리고 싶습니다. 정말 죄송했습니다.

그리고 가장 감사를 드리고 싶은 건 일러스트레이터로 키쿠치 세이지 씨를 발탁해주신 일입니다.

1권은 제가 상상했던 것보다 훨씬 더 많이 팔렸다고 합니다.

가장 큰 이유는 역시 키쿠치 씨의 일러스트 덕분이겠지요.

매번 보내주시는 러프를 봤을 땐 완전히 제가 상상했던 그대로라 놀랐습니다.

이번 권에서 가장 놀랐던 건 군무국장과 마법사단장을 봤을 때였습니다.

처음 보자마자 뽑았습니다. 키쿠치 씨, 최고예요.

이렇게 많은 분이 관여해주신 덕분에 출간한 책이니 더는 마치 남 일 같다든가, 실감이 안 간다는 말을 하고 있을 때가 아니더군요.

아직도 그런 말을 했다간 무책임하다는 소리를 들을 것 같으니 지금은 어느 정도 자각을 가진 채 소설을 쓰고 있습니다.

하지만 여기서 또 어려운 점이, 다양한 분들의 말씀과 시선을 신경 쓰면서 글을 쓰다 보면 인터넷 소설의 가장 큰 장점인 『자유로움』이 사라지고 맙니다. 그렇다고 해서 독자를 무시한 채 제가 쓰고 싶다고 여러분이 굳이 읽고 싶지도 않은 내용을 『자유롭게』 쓰는 것도 더는 해선 안 된다는 생각이 들었습니다.

그 균형을 잡는 게 참 어렵더군요. 인터넷 소설은 독자 여러분의 감상이 직접적으로 반영되다 보니 아무래도 거기에 좌지우지되는 경향이 있는 편입니다.

하지만 그 덕분에 깨닫게 되는 점도 많았습니다.

서적판으로 처음 이 작품을 접하신 분들도 물론 고맙습니다만, 인터넷에서 연재할 때부터 응원해주신 독자 여러분이 없었다면 애당초 제가 이런 자리에서 후기를 쓸 수도 없었을 테니 정말이지 감사할 따름입니다.

인터넷에서 연재할 때부터 읽어주신 분들, 책으로 처음 읽어주신 분들. 양쪽 다 저에게는 소중한 독자님들입니다. 앞으로도 여러분들이 즐겁게 읽을 작품을 쓸 수 있도록 노력할 테니 앞으로도 잘 부탁드립니다.

2015년 10월 요시오카 츠요시

미란다 씨.
포지에서는 크게
나왔습니다만

다른 컬러페이지나 삽화에서는
전혀 출연이 없었습니다.
＼(꼬)／

교복도 일단
준비해뒀는데 말이죠…….

아하하……

키 쿠 치
세 이
지

■ 역자 후기

안녕하세요, 역자 최승원입니다.

현자의 손자 2권, 재미있게 읽으셨나요? 개인적으로 이번 권에서 가장 인상 깊었던 건 역시 『삽화』였습니다. 전 라이트 노벨을 읽을 때 먼저 삽화부터 보는 타입입니다. 사실 처음부터 차근차근 읽는 게 가장 바람직하겠지만, 아무래도 속도를 중시해서 한꺼번에 대량으로 읽는 독서 습관이 있다 보니 먼저 삽화를 확인하고 소개 글을 읽는 것으로 대략적인 줄거리를 파악한 후에 책을 읽으면, 조금이나마 읽는 속도가 빨라져서 어느새 이런 식으로 정착된 것 같습니다. 뭐, 어디까지나 삽화가 있는 라이트 노벨에 한정된 독서 방법이기는 하지만요. 아무튼 그래서 이번에도 이 책을 처음 받고 삽화부터 확인하다…… 뒤의 삽화를 보고 놀랐습니다. 수, 수위가……. 사실 키쿠치 세이지 님이 그쪽 업계에서 오랜 경력을 가지신 분이라는 건 알고 있었습니다만, 저번 권이 비교적 얌전했던 탓에 예상치 못한 기습을 받은 기분이었습니다. 그 후에 일단 원서를 다 읽어 보니 삽화에 비하면 비교적(?) 묘사의 수위가 낮은 편이라 안심했습니다만, 잘 생각해보면 이 작품은 원래 인터넷 소설 출신…… 이건 방심할 수 없겠네요. 앞서 작가님의 후기에서도 언급됐는데 인터넷 소설은 워낙 작풍이 『자유로운』 탓에 이런 묘사에도 굉장히 관대한 편입니다. 앞으로의 전개도 좋은 의미로든 나쁜 의미로든 예의주시해야겠네요.

그럼 다양한 의미(?)로 점점 더 폭주하는 신의 앞날을 기대해주시길 바라며 이만 짧은 후기를 마치겠습니다.

현자의 손자 2
전대미문의 신영웅

1판 1쇄 발행 2017년 4월 10일
1판 2쇄 발행 2017년 5월 19일

지은이_ Tsuyoshi Yoshioka
일러스트_ Seiji Kikuchi
옮긴이_ 최승원

발행인_ 신현호
편집부장_ 김은주
편집진행_ 최은진 · 김기준 · 김승신 · 원현선 · 김솔함
편집디자인_ 양우연
국제업무_ 정아라 · 고금비
관리 · 영업_ 김민원 · 이주형 · 조인희

펴낸곳_ (주)디앤씨미디어
등록_ 2002년 4월 25일 제20-260호
주소_ 서울시 구로구 디지털로 26길 111 JnK디지털타워 503호
전화_ 02-333-2513(대표)
팩시밀리_ 02-333-2514
이메일_ lnovelpiya@naver.com
ㄴ노벨 공식 카페_ http://cafe.naver.com/lnovel11

Kenja No Mago Vol.2 Hatenko Na Shin Eiyu
ⓒ2015 Tsuyoshi Yoshioka
All Rights Reserved.
First published in Japan in 2015 by KADOKAWA CORPORATION ENTERBRAIN
Korean translation rights arranged with KADOKAWA CORPORATION ENTERBRAIN

ISBN 979-11-278-4079-2 04830
ISBN 979-11-278-3969-7 (세트)

값 6,800원

현자의 검 1권

히야마 준키 지음 | 사라치 요미 일러스트 | 이은혜 옮김

판타지 세계를 동경하며 살아온 소년.
그는 『엘더즈 소드』라는 게임이 좋아서 계속 반복해서 플레이했다.
그 중에서 가장 마음에 든 캐릭터, 전사 루온을 열심히 키웠다.
어느 날, 소년은 갑자기 의식을 잃게 되었고— 정신을 차려보니
그곳은 게임 속 세계에, 심지어 소년 자신은 루온이 되어 있었다.
그는 이상향이 눈앞에 펼쳐진 사실에 경악하고 흥분했다.
그러나 그와 동시에 깨달았다.
게임 속 루온은 죽기 위해 존재하는 캐릭터라는 것을—
그리고 마왕이 루온이 있는 대륙을 침공한다는 것을……
루온은 이야기가 어떻게 진행되어도 수정할 수 있도록 힘을 키우기로 했다.
루온은 많은 결의를 가슴에 품고 마왕과의 전투에 몸을 던졌다.

『소설가가 되자』 대인기 판타지!!

변변찮은 마술강사와 금기교전 1~5권

히츠지 타로 지음 | 미시마 쿠로네 일러스트 | 최승원 옮김

알자노 제국 마술 학원의 계약직 강사인 글렌 레이더스는 수업 중
자습 → 취침 상습범.
그러다 웬일로 교단에 서나 싶으면 칠판에 교과서를 못으로 고정해놓는 등,
그야말로 학생들도 기가 막혀 하는 변변찮은 강사다.
결국 그런 글렌에게 진심으로 화가 난 학생,
「교사 킬러」로 악명이 자자한 시스티나 피벨이 결투를 신청하지만—
이 해프닝은 글렌이 허무하게 패배하는 안타까운 결말로 막을 내린다.
하지만 학원에 닥친 미증유의 테러 사건에 학생들이 휘말리자,
"내 학생에게 손대지 마!"
비로소 글렌의 본성이 발휘된다!

2017년 4월 TV애니메이션 방영중!!

라이트노벨의 새로운 빛! ㄴ노벨의 신간은 매월 10일에 발매됩니다. http://cafe.naver.com/lnovel11